NHK連続テレビ小説

# べっぴんさん

㊤

作　渡辺千穂
ノベライズ　中川千英子

NHK出版

# べっぴんさん

㊤

装画　清川あさみ
装幀　宇都宮三鈴
帯写真提供　ＮＨＫ

# 登場人物紹介

〔　〕内は出演者名

## 坂東《ばんどう》すみれ〔芳根京子〕

坂東家の次女。おっとりとした性格だが、一度夢中になると周りが見えなくなるほどの集中力を発揮する。母の影響で、幼い頃から刺繍や縫い物に興味を持ち、女学校時代は良子、君枝と三人で「手芸倶楽部」を結成していた。女学校卒業後に紀夫と結婚する。長女・さくらが生まれる前に紀夫は出征。すみれは空襲で家を失い、消息の知れない紀夫の帰りを待ちながら、戦後は生活のために手芸品の販売を始める。やがて、良子、君枝、明美が仲間に加わり、周囲のサポートを得て、ベビー用品と子供服の店「キアリス」をオープンさせる。

## 坂東五十八《ばんどういそや》〔生瀬勝久〕

すみれの父。近江で布の売買を生業とする坂東家の次男として生まれ、兄とのいざこざから家を出て独立。妻のはなと二人三脚で懸命に働き、繊維会社「坂東営業部」を創立する。品質と信用を大事にし、社長として事業を拡大した。のちに貴族院議員となる。戦後は一線を退き、店を始めたすみれや、坂東営業部の復活を目指す潔のよき助言者となる。

## 坂東《ばんどう》はな〔菅野美穂〕

すみれの母。体が弱いにもかかわらず、「坂東営業部」創立前の苦しい時代から五十八の仕事を手伝い、献身的に支えた。はなが近江から布製品を送り、それを五十八が大阪で販売するというのが、後の坂東営業部の基礎となった。刺繍が得意で、幼いすみれにも手ほどきをする。ゆりとすみれの成長と幸せを願いながら、若くしてこの世を去った。

## 野上《のがみ》（坂東《ばんどう》）ゆり〔蓮佛美沙子〕

坂東家の長女。ゆりの三歳上の姉。子供の頃から成績優秀で快活な性格。考えをはっきりと言葉にできる強さがあるが、自分を貫き通せない一面もある。潔との結婚後は共に「坂東営業部」で働く。戦後の困難や、女性であるがゆえの制約など、壁に突き当たりながら生き方を模索する。すみれの仕事を応援するうちに、ゆり自身もすみれの成長に感化されていく。

## 野上正蔵《のがみしょうぞう》〔名倉　潤〕

「坂東営業部」の取締役。五十八との間には固い信頼関係があり、長年にわたって苦楽を共にしてきた。五十八が貴族院議員となった際には、社長として会社経営を任される。戦時中、坂東営業部が国の統制会社に吸収合併された後も、会社の再興を目指していたが、空襲で命を落とした。

## 野上《のがみ》　潔《きよし》〔高良健吾〕

正蔵の息子。子供の頃から、坂東家とは家族ぐるみのつきあいをしており、すみれは幼い頃、潔に淡い恋心を感じていた。やがて父の跡を継ぐべく「坂東営業部」に入る。似た者同士で惹かれ合ったゆりと結婚し、すぐに出征。戦後に帰還すると、坂東営業部の復活を目指して、闇商売もいとわず精力的に立ち回る。豪胆な性格で人望も厚い。

### 田中五郎《たなかごろう》〔堀内正美〕

紀夫の父。五十八が懇意にしている貴族院議員。坂東家とは住まいも近く、子供たちが幼い頃から坂東家をよく訪れており、三男の紀夫を坂東家の婿にと考えていた。

### 坂東《ばんどう》（田中《たなか》）紀夫《のりお》〔永山絢斗〕

すみれの夫。五郎の三男で、坂東家の姉妹や潔とは幼なじみ。無口で、思いを表に出すのが苦手。すみれと結婚して坂東家に婿入りし、「坂東営業部」で働き始める。すみれの妊娠が分かって歓喜したのもつかの間、召集令状が届き出征。さくらが生まれた日にすみれのもとに届いた手紙を最後に、消息を絶った。

### 小野明美《おのあけみ》〔谷村美月〕

坂東家の女中・マツの娘。幼い頃に父親が亡くなり、母と二人で暮らしてきた。貧しさゆえに味わった悔しさをバネに、必死に勉強して看護師の資格を取り、英語を独学で学び、海外の最新の育児法に関する知識を身に付けた。協力を求めてきたすみれに最初は反発するが、やがてすみれの信念に共感を覚え、「キアリス」の創立メンバーの一人となる。

### 小澤《おざわ》（多田《ただ》）良子《りょうこ》〔百田夏菜子〕

すみれの女学校時代の同級生で、「手芸倶楽部」のメンバー。明るいムードメーカーで、少しお調子者。女学校を卒業してすぐに見合い結婚をする。息子の龍一が生まれて間もなく戦地へ赴いた夫・勝二を待ちながら、すみれの子供服作りに協力するようになり、共に「キアリス」を創立。デザイン画から型紙を起こすのが得意。

### 村田《むらた》（田坂《たさか》）君枝《きみえ》〔土村 芳〕

すみれの女学校時代の同級生で、「手芸倶楽部」のメンバー。幼い頃から病弱で、生真面目で潔癖な性格。戦後は義母・琴子と息子・健太郎と共に、出征した夫・昭一の帰還を待っていた。床に伏せることが多く弱気になっていたが、すみれと再会したのをきっかけに一念発起し、「キアリス」の創立に参加する。デザインやイラストが得意。

### 坂東《ばんどう》トク子《こ》〔中村玉緒〕

すみれの祖母で、五十八の母。近江の坂東家の本家で、長男の長太郎一家と暮らしている。過去に長太郎と五十八の間で確執が生じたときには、家を存続させるために長男を立て、近江を出ていく五十八を苦渋の思いで見送った。その負い目もあり、五十八とはなの結婚には精いっぱいの協力をした。戦争中に神戸から疎開してきたすみれたちを温かく迎え入れる。

### 坂東長太郎《ばんどうちょうたろう》〔本田博太郎〕

五十八の兄。坂東家の長男として、家業を継いで布の売買を行ってきたが、商売が傾き始めると弟の五十八に得意先を譲るよう迫った。近江を出てからも自らの商才によって事業を成功させた弟に対して、複雑な思いを抱いている。

### 坂東節子《ばんどうせつこ》〔山村紅葉〕

長太郎の妻。坂東家の長男の嫁として家を切り盛りしており、近江に疎開してきたすみれたちに対しては厳しい態度で接する。息子の肇と孫の慶一を溺愛している。

**坂東《ばんどう》静子《しずこ》**〔三倉茉奈〕
長太郎と節子の息子・肇の妻。出征中の夫の帰還を待ちながら、節子を手伝っている。ゆりとすみれに対し、羨望と反発が入り交じった感情を持っている。

**井口《いぐち》忠一郎《ちゅういちろう》**〔曾我廼家文童〕
坂東家の執事。五十八が貴族院議員となると、東京出張にも常に同行するようになる。個性的な坂東家の面々にしばしば振り回されながらも、長年にわたり忠実に仕えている。転ぶと「ここはどこや、私は誰や」と言うのが口癖。

**佐藤《さとう》喜代《きよ》**〔宮田圭子〕
坂東家の女中頭。近江に疎開するときも坂東家と行動を共にし、戦後はすみれと一緒にバラックに住んだ。すみれが仕事を始めると、さくらだけでなく良子や君枝の子供の世話も引き受け、すみれたちを応援する。

**小澤《おざわ》勝二《かつじ》**〔田中要次〕
良子の夫。商船会社勤務。見合いを経て良子と結婚するが、十五歳の年齢差を気にして遠慮がちなところがある。長男の龍一が生まれてすぐに出征する。

**村田《むらた》昭一《しょういち》**〔平岡祐太〕
君枝の夫。銀行勤務。怪我をして入院した病院で君枝と知り合い、恋愛結婚。長男・健太郎の誕生を待たずに召集されて戦地に赴くことになる。母の琴子に弱いという一面がある。

**岩佐《いわさ》栄輔《えいすけ》**〔松下優也〕
潔と復員列車で知り合って意気投合し、潔を兄のごとく慕うようになる。空襲で両親と妹を亡くし、家も失った。闇市で潔と再会して以来、潔とゆりの家に居候しながら、共に坂東営業部の復活を目指している。亡くなった妹の姿をすみれに重ねており、栄輔の明るさが、つらい状況にあるすみれの助けとなる。

**高西《たかにし》悦子《えつこ》**〔滝 裕可里〕
すみれの女学校時代の同級生。気位が高く、女学校時代は取り巻きから「悦子様」と呼ばれていた。のんびりした「手芸倶楽部」の面々とは反りが合わず、ときどき衝突した。空襲で夫や親を亡くし、生き残った娘のために、戦後はキャバレーで働く。

**大島《おおしま》 保《たもつ》**〔伊武雅刀〕
大急百貨店社長。戦前は坂東営業部とのつきあいがあった。自社の百貨店に置く商品の品質に関しては厳しい目を持っている。妻のいつ子が「キアリス」の商品を購入したことをきっかけに、すみれたちの作る商品の質の高さを知り、大急百貨店での取り扱いを希望する。

**麻田《あさだ》茂男《しげお》**〔市村正親〕
神戸の「港町商店街」にある「あさや靴店」の店主で、坂東家出入りの靴職人。腕がよく、実直で顧客からの信頼が厚い。履く人のことを思い、妥協せず真摯に靴を作る姿勢が、幼いすみれに物作りへの大きな興味を抱かせる。戦後、すみれの手芸に目を留め、靴店の一角を貸して、商売の第一歩を後押しする。

# べっぴんさん　上

## 第1章

# 想いをこめた特別な品

戦後の日本は全てがゼロからの出発だった。

終戦直後のある日、二十歳の坂東すみれは、一歳の娘を背に、神戸の焼け野原に立ち尽くしていた。そこには、すみれの少女時代の思い出が詰まった家があったのだ。

茫然《ぼうぜん》と焼け跡を見つめていたすみれは、娘のさくらの小さな手に触れた。するとさくらは、すみれの指をギュッと握り返してきた。

――この娘と生きていこう。どんなことをしてでも。

そんな思いがすみれの胸に突き上げてきた。

それから二十年後。すみれは、あるパーティーの会場にいた。入り口の立て看板には「株式会社キアリス・創業二十周年パーティー」とあり、会場内にこの会社の製品である子供服が飾られている。どれもカラフルな優しい色合いで、見ていると自然に笑みが浮かぶような物ばかりだ。

四十代を迎えたすみれは、創業者の一人として同世代の女性三人と壇上に並び、来賓の野上潔のスピーチを聞いていた。

「『人は所を得る』と言いますが、人生とは、『自らが生きるべき所はどこか』を探す旅だと思っています。そのためには、自分を知らなければならない。自分の大切なものは何か、譲れないものは何か――」

潔はすみれたち四人に目を向け、こう続けた。

「彼女たちは、ただただお母さんと赤ちゃんたちを思い、一針一針縫い続けました。そうして、多くの人たちを幸せに導いたのです」

列席者から盛大な拍手が起こった。鳴りやまない拍手に包まれながら、すみれは手にしたハンカチに目を落とした。古びたそのハンカチには、四つ葉のクローバーの刺繍《ししゅう》がされていた。


あの日の光景は、今でもはっきりと目に浮かぶ。七歳だったすみれは、父の五十八、母のはな、三つ年上の姉・ゆりと共に森に出かけていた。はなは、得意の刺繍をしながら、森で遊ぶすみれたちを見守っていた。

「お母様！　四つ葉のクローバーや！」

すみれが母に駆け寄った。はなはちょうどハンカチに四つ葉のクローバーの刺繍をしていたので、すみれは自分が見つけたクローバーを母の刺繍に並べてみた。

「わあ、すごいやない！　よかったねえ」

大好きな母にそう言われると、すみれはうれしくてたまらなかった。

「すみれ、クローバーの四つの葉にはな、それぞれ意味があるのよ。すみれのこれからに、とっても大切なこと」

一枚ずつ葉を指しながら母は教えてくれた。

『勇気』……『愛情』……『信頼』……『希望』……。それが全部そろうと、幸せになれるの。忘れんとってね大人になっても」

「……はい、お母様」


それから二年後の昭和九年、五十八は神戸の丘の上に立派な洋館を建てた。だが、引っ越しの当日、はなの姿は新居になかった。

「お母様はいつ退院するのやろ……早《はよ》う一緒に暮らしたいわ」

ゆりが言うと、すみれも心配顔でうなずいた。五十八は、娘たちを励まそうと笑顔で言った。

「お母さんが帰ってくるときは、家中を花でいっぱい飾って迎えたろな」


ある日、五十八は自ら経営する大阪の会社で記者の取材を受けていた。

「ここまで事業を拡大させることができた要因はなんだと思われますか？」

「布を仕入れてただ売るゆう、昔ながらのメリヤス問屋やったんを、職人抱えて東京の工場で自社製品を売り出したことやと思うてる」

五十八の会社は洋服を中心に多くの商品を扱い、「オライオン」という商標で販売している。社名は「坂東営業部」。まるで会社の一部門のような名前には、部署を増やすようにどんどん会社を発展させたいという思いが込められていた。

「洋服のほかには何を作られているんですか？」

記者の質問に、長年にわたって五十八と苦楽を共にしてきた取締役の野上正蔵が答えた。

「毛布に靴下にタオル……香水、カミソリ、高級肌着などの輸入雑貨も扱《あつこ》うてます」

五十八は自社の製品に絶対の自信を持っていた。

「全部特別な品、別品《べっぴん》や」


この日の夕方、尋常小学校の授業を終えたすみれは、全速力で家に帰り、二階のはなの部屋に飛んでいった。そして、引っ越しの荷物の中の風呂敷包みを開けて、はなの裁縫箱を取り出した。そっと開けると、中には色とりどりの刺繍糸が詰まっていた。

「……宝箱や……」

その晩、すみれは夜を徹して刺繍をした。すみれとゆりは広い洋室を二人の部屋として与えられており、ゆりがベッドでぐっすりと眠ってからも、すみれは机に向かって一針一針縫い続けていた。明日は五十八が、はなの入院する病院へ見舞いに連れていってくれることになっている。すみれは授業中に、母がくれたクローバーの刺繍のハンカチを見ているうちに、自分も刺繍をして母への贈り物にしようと思いついたのだ。

すみれは母の手つきを思い出してまねているつもりだが、初めてなので全く思うようにいかない。それでも決して諦めようとせず、外が明るくなるまで針を動かし続けた。

翌日は父娘三人と坂東家の執事・井口忠一郎、女中頭の佐藤喜代がそろってはなの病室を訪ねた。

快活なゆりは部屋に入るなり、ベッドにいる母に近寄り、花を手渡した。

「お母様！　はい！　新しいおうち、ものすごう広うて、お庭にお花がいっぱい咲いてるんよ」

「ありがとう、ゆり。みんなに会えて元気になってきたわ」

続いてすみれが緊張した顔で、折り畳んだ布を差し出した。

「お母様、これ……」

「わあ、すみれから？　なんやろなあ……」

はなが布を広げると、そこに施してあった刺繡に皆の視線が集まり、シンとしてしまった。お世辞にも上手とは言えない出来栄えに、一同、反応に困ってしまったのだ。

「なんやこれ」

何の模様なのか分からなくて、五十八がつぶやいた。はなは、傷ついているすみれに優しく語りかけた。

「すみれが作ってくれたんやもん、お母さんうれ――」

言い終わらないうちに、すみれははなから布を取り返し、飛び出していってしまった。

気まずい空気の中、はなが言った。

「……五十八さん、あれはゆりとすみれやったよ」

それは、母のためにすみれが一生懸命に考えて決めた図柄だった。

その晩遅く、落ち込んでベッドに潜り込んでいたすみれは、もう一度刺繡をやり直そうと決めた。苦労して縫った糸を全てほどき、一から縫い始めたが、昼間のことを思い出すと、悔しさと悲しさがよみがえってくる。でもそれ以上にすみれは、刺繍が上手になりたいと思った。

うっかり針を指に刺してしまっても、やめたいとは思わなかった。よく言えば集中力がある。悪く言えば周りが見えなくなる。すみれはそんな女の子なのだ。

次の日になっても、すみれは夢中で刺繍を続けていた。夕暮れ時、神戸の街を見下ろせるお気に入りの場所で何度目かの縫い直しをしていると、喜代の声が聞こえてきた。

「すみれお嬢様。ここにいらっしゃったんですか、旦那様がお待ちですよ」

今夜、坂東家では盛大な新築披露パーティーが開かれる。その席ですみれは、ゆりと共に招待客の前で挨拶をすることになっていた。

慌てて家に戻ると、既に大勢の客が集まっていた。貿易関係の仕事で神戸に駐在している外国人の姿もあり、華やかな雰囲気だ。そこに飛び込んできたすみれは肩で息をし、髪がボサボサに乱れていた。あきれ顔の五十八のそばには、かわいらしく着飾ったゆりがいた。

五十八は娘たちを連れて招待客たちの前に立つと、挨拶を始めた。

「本日はお忙しいところ、よう来てくださいました。まずは娘たちを紹介させてください」

「長女のゆりです。よろしくお願いします」

続いてすみれも挨拶しようとしたが、言葉に詰まってしまった。集中力はあるがおっとりし過ぎているすみれは、思うように言葉が出てこなくなるときがある。待ち切れなくなったゆりが、すみれの代わりに口を開いた。

「妹のすみれです。よろしくお願いします」

その後、すみれはパーティー会場を抜け出して二階に上がり、部屋にこもって刺繍を続けた。没頭しているとドアが開き、「おう」と声をかけられたが、気付かず縫い続けていた。声の主は部屋に入ってきて、すみれの手元をのぞき込んだ。

「ゆりとすみれやな」

すみれが驚いて顔を上げると、野上潔がいた。潔は坂東営業部の取締役・野上正蔵の息子で、十七歳になる。今日は父親に連れられてきたのだが、堅苦しいのは苦手な性格なので、かしこまったパーティーの席にいるより、新築の坂東家を探検しようと、一人であちこち見て回っていたのだ。

「お母さんに作っとるんか？」

「うん……元気になってほしいから」

「ええやんええやん！　頑張りや」

「……うん！」

数日後、潔はまた坂東家を訪ねてきた。今回は大勢の子供たちを引き連れていた。

神戸の山の手にはモダンな建物が多く、テーラーやステーキレストラン、パン屋といった店もあって異国情緒にあふれている。ところが同じ神戸でも、海にほど近い三宮辺りに行くと風景はがらりと変わり、庶民的な街並みが広がっている。潔が連れてきたのは、その辺りに暮らす子供たちだ。皆、丘の上の新しく建った洋館に興味津々だったので、潔はパーティーの日、子供たちに家を見せてあげたいと五十八に頼み、快諾してもらっていたのだ。

「潔くん、よう来たなあ」

五十八は子供たちを歓迎し、忠一郎に家の中を案内するようにと命じた。

この日、坂東家にはほかにも訪問者がいた。神戸の「港町商店街」で「あさや靴店」を営む靴職人の麻田茂男だ。五十八もはなも麻田の腕にほれ込み、たびたびあさや靴店で靴を誂《あつら》えている。だが、今日麻田が来たのは、来年女学校に上がるゆりの靴の注文を受け、足型を取るためだった。麻田は、リビングのソファーにゆりを座らせ、丁寧に足型を取っていった。その様子が面白くて、すみれは間近で見つめていた。

「それでこの後、どうするんですか？」

ゆりに聞かれて麻田が答えた。

「この足の型に合わせて革を切るんです。そして針と糸で縫い合わせて――」

「針と糸!?」

大きな声を上げたのはすみれだ。目下刺繍に夢中のすみれとしては、靴作りにも針と糸を使うと聞いて、余計に興味を引かれた。

その後すみれは、ある事件を目にした。女中の大声が聞こえたのでダイニングをのぞくと、中に、自分と同い年ぐらいの女の子がいた。

「何しとるんや？　これはお嬢様方のおやつや。あんた泥棒か？」

女の子は外国製のお菓子を前に茫然としていた。そこに、もう一人女中が現れた。

「すんまへん！　うちの娘なんです。すんませんほんま……」

何度も頭を下げているのは小野マツという女中だ。怒っていた女中は、女の子が仕事仲間の娘と分かると「気ぃ付けや」と去っていった。

マツの娘は明美といい、この日は潔に連れられて坂東家に来ていた。ここが母の勤め先だと知っていて、マツを捜すうちにダイニングにたどり着き、見たこともないようなきれいなお菓子があったので、思わず手を伸ばしてみたのだった。

「お母ちゃん、うち泥棒なんてせえへん」

「分かっとるわ……」

「ほな、なんで謝らなあかんの？」

明美はそう言ってすぐハッとした。母親の目に、涙が浮かんでいたのだ。

「もうええから、帰り」

促されてドアの方を向いた明美と、すみれの視線とがぶつかった。

明美はすぐに坂東家を後にし、夕暮れの坂道を下りていった。すみれは慌ててその後を追った。足音に気付いて振り返った明美の顔には、涙をぬぐったらしき跡があった。

すみれはダイニングにあったお菓子をポケットから出して差し出した。明美は驚いた顔で見つめた後、それを受け取った。すみれはホッとして笑顔になり、きびすを返して坂道を駆け上がった。すみれが去った後、明美がお菓子を投げ捨てていたとは、知る由もなかった。

翌朝、ゆりが目を覚ますと、すみれがベッドにも入らず紙の山に囲まれて眠りこけていた。ゆりが寝た後、すみれは麻田のまねをして自分の足型を取ってみていたのだ。

それで済めばよかったのだが、靴の構造が知りたくなったすみれは、五十八の革靴を持ってきてはさみで解体してしまっていた。バラバラに分解された靴を見て、ゆりが叫んだ。

「え！　何これ！　ちょっとすみれ！　何してるの？」

その声で、すみれはやっと目を覚ました。

「これお父様の靴でしょう？　今日東京に履いていく言うたらどうするの？」

五十八は今朝から東京に出張に行くことになっている。事の重大さにやっと気付いたすみれは、分解した靴を隠そうと一階に下りていった。すると、出かけようとする五十八と、それを見送る忠一郎、喜代に出くわしてしまった。靴を背中に隠して逃げ、なんとかその場はばれずに済んだのだが、学校に行ってからも、ずっと隠した靴のことが気がかりだった。

夕方、すみれが帰宅すると、リビングに潔がいた。正蔵に頼まれて書類を届けにきたのだ。

「よう、こじょうちゃん」

小さいお嬢ちゃんだから「こじょうちゃん」なのだろう。潔はいつもすみれをこう呼んでいる。

喜代が潔にお茶を出しに来ると、すみれは言った。

「喜代さん……あのな……私……なんか……なんかな……靴屋に……行きたいの」

麻田の店に連れていってほしいというすみれの言葉を喜代はぴしゃりとはねつけた。

「あきまへん。町場は何が起きるか分からへん怖ーいところなんです。絶対にあきませんよ」

聞いている潔が驚くほど喜代の言いぶりが大げさだったのは、この日の新聞に神戸で誘拐事件が起こったという記事があり、五十八から気を付けるように言われていたからだった。

「なんやこれは！」

突然、家の奥から忠一郎の叫び声がした。

血相を変えてリビングに飛び込んできた忠一郎は、バラバラの革靴を手にしていた。小さくなっているすみれを見て、忠一郎は今朝のすみれの不自然な態度を思い出した。

「すみれお嬢様の仕業やな……」

型破りなすみれの行動に潔が思わず吹き出すと、喜代が怒りだした。

「笑いごとやないです！　旦那様のお気に入りの舶来の靴やのに……」

「ほな、わしが麻田さんとこ持ってきます」

そんなわけで潔は、あさや靴店に分解された革靴の修理を頼みに行くことになった。坂東家を出て坂道を下りていると、トコトコとすみれが追いかけてきた。

「あのな、なんかな、なんかな」

「あ！　靴屋行きたいんか」

うなずくすみれを前に、潔はしばし考えた。

「……夕飯は何時からや？」

「六時……」

「……ほなその前までやで」

「うん！」

満面の笑みで歩きだしたすみれを見て、潔も笑顔になった。

あさや靴店に着き、潔が分解された革靴を差し出すと、麻田は目を丸くした。

「坂東のおじちゃんが愛用してる舶来品なんやて。大急ぎで頼むわ」

「すみれお嬢様がここにいらっしゃることは、お家の方はご存じなんか？」

「知らんで」

「え？　勝手に連れてきたんか。なんかあったらどないするんや」

「大丈夫やって。そないなことより靴作るとこ見せたってくれや」

「それはあかん。すみれお嬢様を早く送り届けなさい」

きっぱり断られ、すみれたちは革靴を預けてあさや靴店を後にした。日が暮れかけた街を、手をつないで歩いていると、突如大勢の人々が押し寄せてきた。

「過酷な労働条件を見直せーッ！　賃金上げろーッ！」

造船所の労働組合のデモ隊だ。その人波にのまれ、すみれと潔の手が離れてしまった。

「こじょうちゃん！」

小さなすみれは、瞬く間にデモ隊の中に埋もれた。繰り返されるシュプレヒコールにおびえていると、見知らぬ男に声をかけられた。

「どないしたんや？　ええ服着てるのう、どこの子や？」

潔はなんとかデモ隊をかき分けてすみれに近づこうとしたが、前に進めなかった。

恐怖のあまり、すみれはその場から逃げ出した。

必死で走り続けたすみれは、気付くと知らない場所にいた。すっかり日が暮れ、困り果てて道端に座り込んでいると、女の子がすみれの前で立ち止まった。女中のマツの娘の明美だ。

「何してんの、こないなとこで」

目に涙を浮かべるすみれを見つめ、明美は言った。

「……家まで送ってあげるわ」

だがすみれは明美に、自分の家ではなく別の場所に案内してほしいと頼んだ。

「ほんまにここでええの？」

二人がやって来たのは、あさや靴店だった。すみれはどうしても靴作りが見たかったのだ。

明美は去っていき、すみれは一人で店に入っていった。

「あの……あさやさん……」

返事はなく、作業台には作りかけの靴と、「坂東ゆり様」と書かれた木型があった。ツヤツヤと輝くゆりの靴をよく見たくて手に取ろうとしたが、うっかり落としてしまい、かかとが外れてしまった。

「どないしよう……」

そのとき、人の気配がした。すみれはとっさに靴を置き、棚の中に身を隠した。戸の隙間からのぞいていると、麻田が来た。靴のかかとが取れているのを見て不思議そうにしていたが、麻田は作業の続きに取りかかった。

その姿に、すみれは釘付け《くぎづ》けになった。いつもの穏やかな麻田とは別人のような真剣な顔でミシンをかけ、針と糸で丹念に革を縫っていく。そうするうちに、かわいらしい靴が出来上がっていった。その過程を夢中で見ているうちに、すみれはいつしか眠りに落ちていた。

作業に区切りがついた麻田は、棚の中から物音がしたのに驚き、恐る恐る戸を開けてみた。

「わーっ！　す、す、すみれお嬢様！」

すぐに麻田は坂東家に連絡を入れた。迎えを待つ間に、麻田はすみれに紅茶を淹《い》れてくれた。

それは、飲んだことのない不思議な味がした。

「シナモンティーいうんです」

そして麻田は、ゆりの靴をすみれに見せてくれた。

「ゆりお嬢様の足は甲が低いんですよ。奥様の足とおんなじです。それとくるぶし……ここが少し張ってるんで、当たらんよう、普通よりほんの数ミリ低くしとるんです」

ほかの客の靴と比べると、すみれにもその違いがよく分かった。

「いちばん最初に坂東の奥様にお作りしたとき、よその靴はくるぶしが痛《いと》うなるのに、うちのは痛うならへんて、えらい気に入ってくださって。奥様から、ゆりお嬢様とすみれお嬢様がご結婚なさるときも作ってほしい頼まれてます」

初めて聞く話に、すみれはうれしくなった。

「なんでそないに見たかったんですか？　靴作るとこ」

「なんか……なんか……上手にできなかったから……刺繍……」

「刺繍？　なんで刺繍と靴？」

「針と糸が……」

「ああ……どんな刺繍ですか？」

「お母様にお見舞いで刺繡を作ったんやけど……ヘタクソで……渡せなかった」

「……誰かて最初からうまくいきまへんわ。自分かてそうです。そやけど、思いを込めたら伝わるんです。上手に作るゆうことより、誰がどんな思いを込めて作るのか、それがいちばん大事なんです。そんなこんなしとるうちに、いつの間にかうまくなるもんなんです」

はなに刺繡を持っていったらいいと、麻田は言った。

「奥様、きっと喜ばれます」

「……はい」

そこに忠一郎と喜代が迎えにやって来た。すみれは無事に坂東家に帰ることができ、一件落着……とはいかなかった。翌日、忠一郎から連絡を受けて東京から戻ってきた五十八は、すみれの無事が分かっても怒りが収まらなかった。

「なんでお前はあかん言われたことするんや」

リビングで五十八がすみれを叱っていると、野上親子と麻田が訪ねてきた。

「ほんまに申し訳ありませんでした！」

正蔵と潔がそろって頭を下げたが、五十八はさらに怒りを爆発させた。

「謝って済むなら警察なんかいらん!!」

すみれは部屋の外に出されたが、ゆりと一緒にこっそり話を聞いていた。五十八はその後もどなり散らしていたのだが、血圧が上がったためかふらついてきて、急に勢いがなくなった。

「もうええ、今日のところは……」

部屋を出ようとする五十八に、麻田がおずおずと声をかけた。

「あの……ゆりお嬢様のお靴でございます」

麻田は出来上がった靴を持ってきていたのだが、五十八はこの状況で靴の話を持ち出されたことが癇《かん》に障ったらしく、麻田にもどなり始めた。

「うちの娘があんたんとこに行ったときに、なんですぐ帰れ言うてくれなんだんや」

「申し訳ありませんでした……」

麻田は、自分がすみれを帰らせようとしていたことを口にしなかった。

「その靴、持って帰ってくれ。あさやさんとはこれきりにさせてもらう」

「旦那様……これはゆりお嬢様のために作った靴です。これだけはお納めください」

「いらん言うたらいらんのや」

すみれは、いてもたってもいられず部屋に入っていった。

「お父様！」

とっさに乗り込んだものの、また言葉が出てこなかった。そんなすみれに五十八はいらだった。

「お前はいっつもそうやな。結局なんも言わんのやろ？　そやったら向こうへ行ってなさい」

だがすみれはその場を動かず、深く頭を下げた。

「……堪忍してください！　私があかんねん！　私があかんのに皆を怒るのはやめてください！私が見たいって言うたんです。あさやさんは『帰りなさい』って言ったんだけど、どうしても見たくて……。お母様が……私の靴も頼んでくれてたの……。あさやさんが……履く人のことを思うて作ってくれる靴……。女学校上がるときも、お嫁さん行くときも……お母様が頼んでくれた靴を履きたい。せやから……ずっとあさやさんで靴を作ってください」

夢中で話し終えると、父が目を丸くしていた。すみれが五十八の前でこんなに気持ちをきちんと語ったのは初めてのことだった。

「……そうか……そうやな……」

分かってもらえたのがうれしくてすみれが笑うと、父はしっかりと抱き締めてくれた。

「どんだけ心配した思てるんや。もしお前になんぞあったら……お母さんに合わせる顔がないやろ」

「……お父様……ごめんなさい」

その日の帰り際、潔は玄関まで見送りに出たすみれに言った。

「それにしても、よう言うたなあ。思うてること言うには、勇気が必要や。こじょうちゃんは、勇気があるんやな。たいしたもんや……」

ポンポンと頭に優しく触れられ、すみれはうれしいような照れくさいような、不思議な気持ちがした。

翌日、すみれは父と二人で母の見舞いに出かけた。病室に入るとすぐ、五十八は医師に挨拶に行くと言って出ていった。

「……あんな……これ……作ったんやけど……」

すみれは刺繍を母に渡したが、改めて出来栄えを見ると情けなくなってしまった。

「やっぱり下手やね……」

「……ううん！　お母さんうれしいわあ！　ほんま……一生の宝物や。べっぴんやな」

「……お母様。私な、もっとうまくなりたい。刺繍、教えてくれる？」

家から裁縫箱を持ってきたすみれに、母はうれしそうに刺繍を教えてくれた。まずはノートにステッチのしかたを絵で描き、その通りに刺してみるようにとすみれに言った。

「隙間ができないようにな……そうそう」

教わりながら、すみれは四つ葉のクローバーを刺繍した。

「……すみれ、覚えてる？　四つ葉のクローバーの意味」

「覚えてるよ……『勇気』……『愛情』……『信頼』……『希望』……全部そろうと、幸せになる……忘れへんよ。お母さんと約束したんやもん」

「このお母さんの裁縫箱な……すみれにあげるわ。お母さんもお母さんからもらったの。きれいな糸がぎょうさんあってね、宝箱や思うてた」

「私も！」

「へー、やっぱり親子や、お母さんの子やなあ」


その後しばらくして、はなは医師から外泊許可をもらって帰宅した。すみれとゆりは家中に花を飾って母を待ち、はなは五十八が押す車椅子で初めて新築の我が家に入った。

「幸せやなあ、お母さんは……。こんなに優しい家族に囲まれて……ゆり、すみれ、ありがとうね」

それから四人で昼食をとり終えると、はなと五十八はテラスで紅茶を飲みながら話をした。庭で遊ぶ娘たちを眺めながら、はなは言った。

「……昨日、夢を見たの。近江の頃の夢……。あなた、若い頃からほんまによう働いてた……」

「……後悔しとる。病弱なお前に苦労かけてしもうて……」

会社を設立する前の大変な時期から、はなは五十八と共に身を粉にして働いていた。

『坂東営業部』がうまくいってるのも、こんな家を建てられたのも、これまで幸せやったのも、全部はなのおかげや。そんでも、わしは後悔しとる。あんとき、体の弱いお前に無理させへんかったら、こないなことにはならんかったやろう……」

娘たちには気付かれないようにしてきたが、五十八は、担当医からはなの余命は短いと知らされていた。そしてはな自身も、残された時間は少ないと感じていた。

「私はひとつも後悔なんてしてません。五十八さんに会えなかったら、ゆりとすみれのお母さんにはなれなかった。五十八さん……娘たち、お願いします」

死を覚悟した妻の言葉に、五十八は返す言葉が見つからなかった。

「任しとけ言うてよ」

そう言われると、五十八は涙がこみ上げてきた。

「ゆりはね……強う見えても、ここゆうところで自分を貫けないところがあるの。最後の最後……そこが心配。すみれは……ああ見えて、芯の強い子よ。あの子はね、ポーッとしとるように見えるけど、夢を見たり、好きなことを考えたりしているだけなの。私たちにとって、あの子らは特別。べっぴんさんや。……いくつになっても何十年たっても忘れないでほしい……私がこんなにあの子らを愛してたゆうこと……思い出してほしい……あの子らを愛してた母親が、この世におったゆうことを」

涙をこらえている五十八に向かって、はなはもう一度繰り返した。

「五十八さん、私たちの娘……ゆりを、すみれを……よろしくお願いしますね」

「……任しとき」

その後は、家族そろって二階の子供部屋に上がった。

ゆりは机に並んだ英語の本を見せて言った。

「私な、英語を勉強して外国へ行って、将来は、お父様の会社を継ぎたい思うてるの」

「頼もしなあ」

「ほんま⁉　……よし！　頑張る！」

「すみれは？　どんなことしたいの？」

「……なんやろ……なんかな……なんかな……」

すみれは考え込んでしまい、その場では返事ができなかった。


翌朝、すみれは珍しくゆりより先に目を覚ました。寝ぼけ眼で壁を見て、すみれはつぶやいた。

「夢やろか……」

ぼんやりした視界に、一面の花畑が広がっていた。近づいてみると、花の刺繡を施された布が壁いっぱいに張られていた。

ダイニングに下りていくと、父がすみれに教えてくれた。

「お母さんが作ったもんや」

五十八は前夜、娘たちが眠っている間にそれを飾るよう、はなから頼まれていた。

「ゆりとすみれが、お母さんのおなかにいるときに、思いを込めて作ったんやて」

「思い……どんな……思いやろ……」

「健康でありますように。幸せでありますように。……いろんな、いろんな思いや」

はなは朝のうちに病院へ戻ることになっていた。車に乗り込むと、はなは、見送りに出たすみれとゆりに笑顔を向けた。

「お母様、私……私な……」

すみれは、どうしても母に伝えたいことがあった。

「もろうた人が……うれしい言うてくれるような……思いを伝えられるような……そういうべっぴんを作る人になりたい」

「……ええなあ……なれるよ、絶対」

すみれは母と笑みを交わし合った。

これが、親子四人そろってこの家で過ごした最初で最後の時間になった。はなは、程なくして天国へと旅立っていった。


八年後の昭和十七年七月。すみれは女学校の五年生になり、ゆりは女子大学で英語を学んでいる。太平洋戦争が始まり、四月には神戸も初めての空襲を受け、坂東家の生活はすっかり質素なものとなっていた。手芸用品も手に入りにくくなっていたが、すみれの刺繡の腕はずいぶん上がっていた。

この頃、女学校の制服はセーラー服から、余分な布地を使わないヘチマ襟に替わり、スカートは禁止されて、すみれたちは着物を仕立て直したもんぺをはいて通学していた。

ある朝、学校に向かう道で、二人の同級生がすみれに声をかけてきた。多田良子と田坂君枝だ。すみれは彼女たちと三人で「手芸倶楽部《クラブ》」を結成している。

「できたよ、二人の分」

風呂敷包みからもんぺを出して渡すと、二人は歓声を上げた。

「わー!! かわいい!」

渡したもんぺも、すみれがはいているもんぺも、ポケットの部分にクローバーの刺繡がある。もんぺ姿でもおしゃれはしたいと良子たちが言うので、すみれはこんな工夫をしてみたのだ。

この日、坂東家からは多くの使用人たちが去っていった。繊維業をはじめ、さまざまなことが国の統制下に置かれている中、五十八も事業を縮小せざるをえず、忠一郎と喜代以外の使用人には暇《いとま》を出すことになってしまった。

五十八は貴族院議員として国の舵《かじ》取りを担う立場となっており、正蔵を坂東営業部の社長とし、経営を任せていた。そのため東京にいることが多くなっていたが、今日は自宅に戻り、使用人一人一人に最後の手当てを渡して礼を述べた。

長年働いていたマツも、五十八に頭を下げて坂東家を後にした。表では、マツの娘の明美が待っていた。十八歳になった明美は、不満を口にした。

「……こんなんひどいなあ、お母ちゃんは坂東の家のためにずっと働いてきたやないか」

そこへ、すみれが女学校から帰ってきた。明美たちに気付かず家に入っていくすみれがなんの苦労も知らないように思えて、明美はやりきれなさをかみしめていた。

ある日、すみれたちは学校の遠足に出かけた。港を目指して街なかを歩いていると、生まれつき体が弱い君枝が苦しそうにし始めた。すみれも良子も心配したが、君枝もなんとか皆と一緒に目的地にたどり着くことができた。

「堪忍な、心配かけてしもうて……」

すまなそうにしている君枝を元気づけたくて、良子は精いっぱい明るく言った。

「大丈夫やったら、お弁当にしよう！　もうおなかすいてしもうて」

だが、いざ弁当を開けると、三人ともしょんぼりしてしまった。女学校では日の丸弁当を持参するよう決められた日があり、今日はその日だった。遠足なのに、ご飯に梅干し一つだけ。わびしく思いながら食べているうちに、すみれたちは、別のグループの高西悦子という子が日の丸弁当と別におかず入りの弁当箱も持参して、こっそり食べているのに気が付いた。

「恥ずかしくないんやろか、信じられへんわ」

そんな良子の声を聞きつけると、悦子は悪びれもせず挑発してきた。

「あなた、何かあるのでしたら堂々とおっしゃったらどう？」

良子は目をそらして弁当を食べ続けたが、君枝は黙っていられず悦子の前に行き、言い放った。

「はしたないわ。お国のために戦ってらっしゃる兵隊さんに申し訳ない思わないの？」

「作った物を捨てろっておっしゃるの？　大声でわめき散らして……はしたない人やわ」

悦子の勝手な言い分に君枝は憤慨し、すみれが慌ててとりなした。

「君ちゃん、そない興奮したら体に悪いわ、戻ろ戻ろ、な？」

戻ってきてからも君枝は怒り続け、良子はそれを非難した。

「ほっといたらいいのに……」

「良子ちゃんはいっつもそうや。私らの前では強いのに、みんなの前ではおとなしくなる」

「そんなことない！　人を卑怯者《ひきょうもの》みたいに言わんといて！」

険悪な空気にすみれが困っていると、少し離れた場所にバイクが止まった。バイクを降りて海を見ているのは潔だった。向こうもすぐにすみれに気付いた。

「こじょうちゃん……こんなとこで何してんのやー!?」

皆の注目の的になり、すみれは恥ずかしくてうつむいた。


遠足が終わり、すみれと潔は坂東家の近くの高台にいた。黙って神戸の街を見下ろしている潔に、すみれは尋ねた。

「オートバイなんて乗り回して大丈夫なの？　燃料は全てお国のためにって、学校の先生がおっしゃってたけど……」

二十五歳になった潔は今、父親と共に坂東営業部で働いている。

「物置から引っ張り出してきたんや。残ってるガソリン、使い切ったろ、思ってな」

「……何かあったの？」

「あった言うたら、あった……。召集令状や」

潔は二十歳のときにも徴兵され二年間上海《シャンハイ》にいたことがある。二度目の徴兵と知って、すみれは言葉をなくした。

「いつ何が自分に降りかかるか分からん時代や……こじょうちゃんかてそれは同じなんやで。そやから、ちゃんとやりたいこと見つけて、悔いのないように生きようや……」

何も答えられないすみれの頭にポンポンと触れると、潔はバイクにまたがり去っていった。

一人になると、すみれの瞳から涙があふれた。ただただ悲しくて、涙が止まらなかった。

幼い日にも、潔は同じようにすみれの頭をポンポンとしてくれたことがあった。

あれからずっと、潔に恋をしていたのだと、すみれはようやく気が付いた。

## 第2章　しあわせの形

ある日、自宅の廊下を歩いていたすみれは、ドキリとして足を止めた。プレイルームから潔の声が聞こえてきたのだ。

「ゆりさん、相談て？」

「……私の将来のこと」

中をのぞくと、ゆりと潔が二人きりで話していた。

「私、ずっとアメリカに行きたくて、英語の勉強を頑張ってたんです。でもこのご時世でしょ……。戦争相手の国になんて行けるわけない。そやから、卒業したら『坂東営業部』で働きたいてお父様に言うたんです。それやのにあかんて。こんな時代なんやから家にいてくれ、幸せな結婚してほしいて。でも、私はこんな世の中だからこそ、やりたいことをやるべきやと思うんです。そやから潔さんにも口添えしてほしい。私の力になってくれませんか？」

話に聞き入っていた潔の顔が、ぱっと明るくなった。

「いやあ！　すごいなあ、ゆりさんは。前向きやし向上心がある。すてきや思うわ」

その返事に、ゆりも顔をほころばせた。

「そやけど、君の力になることはできへん。もし、わしが君の父親やったらおじさんとおんなじこと言う思うからや」

「そんなのおかしいわ。潔さんは父親やない。すてきまで言うたくせに」

「わしなんかに頼らんと、やりたいことあるならその道に進めばええよ。周りに何言われても、やりたいことやって好きに生きられたらいちばんええ思うわ」

「さすが潔さん！　そう言うてくれると思うてました。今から会社戻るんですか？」

「いや……今日はブラブラして家に帰るわ」

「なんで？」

「赤紙、もろてしもた」

潔は、笑顔を見せて去っていった。ゆりは、そんな潔を黙って見送っていた。


その晩、五十八はプレイルームにゆりとすみれ、忠一郎と喜代を呼んで、ゆりの縁談について切り出した。相手は華族の次男坊で、坂東家に婿入りしてもいいと言っているのだという。五十八は、この縁談で華族と血縁関係を結び、坂東家の将来をさらに盤石なものにしたいと考えていた。

「お前も幸せになれる相手やろうし、家のためにも――」

「私は嫌です。私は自分のやりたいことやる人生を諦めてません」

「このご時世、女にとって大事やのは結婚してお国のためにたくさん子供を産むことや！　なんぼ言うたら分かるんや！」

「なんぼ聞いても分かりません！」

この日、話は物別れに終わってしまった。

ゆりはその後、思い切った行動に出た。ある日、五十八が会社の社長室で正蔵と話をしていると、潔の案内でゆりがやって来た。ゆりは五十八を無視し、正蔵に向かって書類を差し出した。

「野上社長。経済学の論文を英語で書きました。私の能力を見てください」

「なんやいきなり、仕事中やぞ！」

五十八にどなられても、ゆりは一歩も引かなかった。

「お父様に見てもらいたいわけやありません。今の社長の正蔵おじ様に見てほしい思うて持ってきたんです。おじ様、これで私の能力を見極めてください！」

「そない言われましても……わては英語なんぞしゃべれまへんし分かりまへんわ」

「そやったら英語のできる人呼んで、これを読んでもらってください」

そんなゆりを、潔は興味深そうに見つめていた。


その日、すみれは学校帰りに良子、君枝と一緒にあさや靴店に寄った。麻田がよく飲ませてくれるシナモンティーを、良子たちにも飲ませたかったのだ。良子も君枝も、シナモンティーがすっかり気に入った。

「甘くてちょっと刺激があって、まるで恋の味やわ」

そんな良子の言葉に、すみれの胸がざわついた。潔への恋心に気付いた今、すみれは、潔とゆりのことが気になってしかたがない。考えないようにと思うほど、かえってそればかり考えてしまう。

そこに、当の潔が現れた。

「こじょうちゃん」

呼びかけられただけで鼓動が速くなり、すみれは目を伏せた。

「なんや急に麻田さんと話しとうなってな」

どこか寂しげな潔の笑顔を見て、麻田は事情を察した。

「……来たんか?」

「……ああ、来てもうた。……麻田さんとも、会えるうちに会《お》うておこう思うて」

良子と君枝は、二人のやり取りから、潔に赤紙が来たのだと分かって顔を曇らせた。

「こじょうちゃん、帰るとき送ってくで。お宅に呼ばれてるんや。ついでやから」


すみれが潔のバイクの後ろに乗って家に帰ると、五十八と正蔵が、リビングで潔を待っていた。

「潔くん、聞いたで」

五十八も、既に赤紙のことを知っていた。そこに、ゆりが入ってきた。

「会社の大事な話をしてるんや。二人とも向こうへ行ってなさい」

娘たちを出ていかせようとする五十八に、ゆりはきっぱり言った。

「私も入れてください」

「会社のことはお前が考えることやない。お前にはもっと大事なことがあるやろ」

「大事なことって？」

「お前は坂東家に入ってくれる男と一緒になって、この家を守っていくんや。このご時世やから――」

言いかけた五十八の言葉をゆりが遮った。

「このご時世やからこそ、私は今の自分の気持ちに正直になりたいと思います。私は、自分の愛する人と結婚したいと思うてます」

「愛する人？　おるんか……そんなんが」

「……潔さんです」

すみれはそんな気がしていたが、五十八も正蔵も、そして潔も、突然の告白に目を丸くした。

「潔、お前ゆりお嬢様と……そないな仲やったとは！」

正蔵が怒りだし、五十八も潔に殴りかからんばかりの勢いでどなった。

「許さん！　許さへんぞ！」

「いや、わしは……」

身に覚えがないので潔が慌てていると、ゆりの大きな声が響いた。

「潔さんとはなんにもありません！　私が、全くの片思いで潔さんをお慕い申し上げてるんです。私の正直な気持ちを潔さんに受け止めてほしいんです」

「そないなことは女が言うことやない！」

「お父様は頭が固過ぎです。男も女も関係ありません。人を愛するのに」

「愛する」という言葉が火に油を注いだ形になり、五十八の怒りは頂点に達した。

「……野上！　今すぐ潔くんを連れて帰ってくれ。ゆり！　お前はうちから一歩も出るな！」

正蔵と潔は帰っていったが、ゆりはなおも五十八に食い下がった。

「なんでそこまで反対するの？　お父様は潔さんの能力もお人柄もご存じやないですか」

「お前はなんにも分かってへん。……どないな思いして野上が潔くんを育ててきた思うてるんや。お前はどうにもならないことが、見えてないんや」

ゆりにもすみれにも、父の言葉の意味が分からなかった。


この一件で、ゆりは外出ができなくなってしまった。五十八に忠実な喜代と忠一郎が見張っていて、出かけようとしても足止めされてしまうのだ。

ゆりは改めて潔に自分の気持ちを伝えようと、すみれに潔宛ての手紙を託した。

すみれは、あさや靴店で潔に会って、それを渡した。

『先日は驚かせてしまって、本当にすみませんでした。私は潔さんに、自分と同じ匂いを感じています。縁談とかお見合いとか結婚とか……そんな言葉を耳にするたびに私の頭の中には、なぜかあなたの顔が浮かんでいました。一生を共に過ごすなら、あなただと、私の本能が告げていたんだと思います。男と女以上に、同じ志を持つ相手だと』

その場で読んだ潔はフッと笑うと、すみれに言った。

「わしはゆりさんに惚《ほ》れた。あんなにおもろい人やったとは。せやけど……結婚は、ない」

「……なんで？」

「なんでもや。ゆりさんに、諦めてくれって言うてくれ」

潔が帰っていった後、混乱しているすみれに、麻田が野上家の事情を話して聞かせた。実は潔は、野上家の養子だった。跡継ぎが生まれなかったため、野上夫妻は、潔がまだ赤ん坊の頃に親戚に頼み込んで引き取ったというのだ。

同じ頃、坂東家ではゆりが、五十八から同じ話を聞かされていた。

「実の子のように、いやそれ以上に跡取りとして大事に育ててきた。そないな潔くんを、なんで婿に出さなあかんのや。お前かて長女や、坂東の家を継ぐ身なんや。……わしとはなは、なんもないところから、今の坂東の家を築き上げてきた。それを繋げていきたいんや……」

そう言われると、ゆりは反論することができなかった。

それから数日後の夜、突然、野上親子が坂東家を訪ねてきた。五十八は二人をリビングに迎え入れ、すみれもゆりも、気になってドアの向こうから耳をそばだてた。

「今日は改めて……ゆりお嬢様と潔を結婚させていただきたくお願いに上がりました」

正蔵の言葉に驚き、ゆりは思わずリビングに入っていった。

「潔に我が子になってもらったことは、とてつもない幸せや思います。潔がおったから、子を愛する親の思いも知りました。どんなことがあろうと、これからも親子であることは変わりません。そやったら、ゆりお嬢様と結婚して、坂東の家にと……」

正蔵は、潔を坂東家に婿入りさせてもいいと言うのだ。

五十八はこの申し出に驚き、戸惑った。

「……潔くんはどう思ってるのや」

「わしは……ゆりさんに惚れてます。こないな人と一緒におったら、幸せや思います」

正蔵は、そんな潔の気持ちを察し、息子の幸せのためにと大きな決断をしたのだ。

じっと考え込んでいた五十八が、ゆりを見つめて言った。

「ゆり……お前が嫁に行け」

そして五十八は、潔の方へと視線を移した。

「潔くん。お国のために立派に働いてきてくれ。ただし……生きて帰ってこい！　お前は坂東営業部の番頭を継ぐ、大切な男や。そして、ゆりの夫になるんや。どないなことがあっても、必ず生きて、ゆりのもとに帰ってこい！　娘を……よろしく頼む」

「……はい！」


こうして急遽《きゅうきょ》、ゆりと潔の結婚が決まった。時世が時世なだけに、華美な結婚式を挙げることはできないが、潔の出征前に近しい人々だけでお披露目をすることになり、慌ただしく準備が進められた。

祝言の前夜、ゆりは枕を抱えてすみれの部屋に来た。

「すみれ、一緒に寝ようよ」

姉妹はそれぞれの個室を持つようになっていたが、最後の晩は子供の頃のように同じ部屋で寝ようというのだ。二人は、すみれのベッドで並んで横になった。

「明日の姿、お母様に見せたかったなあ。お母様が亡くなったとき、悲しかったなあ……この先こんな悲しいことはないって思った。私ね、あのとき考えたの。『なんで人は悲しくなるんやろ』って」

「……なんでやった？」

「分からんかった。そやけど、今になって、なんとなく分かるような気がする。なくすのが悲しくなるほど大事な人や大切なものがあるゆうのを、幸せゆうんかなって」

「……お姉ちゃん。おめでとう……もっともっと幸せになってね」

「ありがとう……」

翌日、坂東家には、近江に住む五十八の母・トク子と、五十八の兄で坂東家の長男の長太郎、貴族院議員の田中五郎がお祝いにやって来た。田中は妻の富美と息子の紀夫を連れてきていた。紀夫は、すみれより六歳年上の二十三歳だ。少年時代にたびたび父親に連れられて坂東家を訪ねてきていたが、東京の大学に進学したため、すみれとは久しぶりの再会だった。

「こんにちは」

すみれが挨拶をしても、紀夫は返事をしなかった。うつむいて、こちらを見ようともしないので、自分の声が聞こえなかったのかとすみれは思った。

「紀夫くんは東京から戻られたんですか？」

「ええ、大学を卒業して、うちの商船会社に勤めてるんですよ」

父親同士が話している間も、紀夫は下を向いたままだった。

列席者がそろうと、和装のゆりと国民服の潔を囲んで記念撮影が行われた。その後はリビングでささやかな宴《うたげ》が催され、皆が談笑する中、潔がすみれのところにやって来た。

「こじょうちゃん、これからは妹やな……よろしくな」

「……お姉ちゃんを幸せにしてね。……おめでとう」

こうして、すみれの初恋は終わりを告げたのだった。


紀夫はお祝いの席を抜けて、一人プレイルームに向かった。そして本棚を眺めているうちに、無性に本を並べ替えたくなった。几帳面《きちょうめん》な性格のため、高さがそろっていないとどうにも気になってしまうのだ。次々に並べ替えているうちに、紀夫は人の気配に気付いた。いつの間にか、すみれがそばに来ていた。

「あの……せっかくなので、向こうで祝ってやってください」

子供の頃には、すみれとゆり、潔と紀夫の四人でよく遊んでいた。すみれは、幼なじみとして、紀夫にもゆりたちの門出を祝ってほしいと思っていた。

そんなすみれに向かって、紀夫が爆弾発言をした。

「失恋ですか……」

あまりに唐突で混乱しているすみれに、紀夫は一方的に言い募った。

「潔くんのこと、思ってたんやないですか？　子供の頃の話だと思ってたけど……今もなんですね。お姉さんの結婚相手やのに……。僕には分かります」

そう言い残して、紀夫は立ち去った。


その晩、すみれは自分の部屋でトク子と話をした。

「それにしても、五十八は長女をよう嫁にやったな。よっぽどのことがあったんか？」

「お姉ちゃん、お父様にどうしても潔さんと結婚したい言うて……そない言うならって」

「五十八のお父さん、すみれのおじいさんはな、近江で布の売り買いを生業《なりわい》としてたんや。次男やったお父さんは、いくらかのお得意さんだけ分けてもろうて、小さく商売を始めたんや」

以来、五十八は短期間で得意先を増やし、兄の長太郎を追い抜くほど商売を大きくした。すると長太郎は五十八に、得意先を本家に譲るようにと迫った。当時、本家の方は商売が傾いていたために五十八は断り切れず、泣く泣く兄の言い分に従った。

これをきっかけに五十八は家を出て、それからまた懸命に働いた。結婚後は、病弱なはなも五十八と一緒になって商売に打ち込んだ。

「はなさんが近江から送ってくれた品を、五十八が大阪で売る。そんな二人の頑張りがこの家の始まりやった。ほんまにようここまで来たわ。あんなに早《はよ》う亡《の》うなってしまうなんてなあ……。そんなふうにやってきたから、夫婦二人で築いたもんを引き継いでほしいゆう思いは、人一倍強かった思うで」

どれも、すみれにとっては初めて聞く話ばかりだった。

潔は結婚後すぐに出征し、ゆりは坂東営業部で、正蔵の下で働くようになった。

それから半年後の昭和十八年の正月を、すみれは父と忠一郎、喜代の四人で迎えた。正月料理の支度も少ない配給でまかなわなければならなかったが、坂東家は質素ながら、穏やかな正月を過ごすことができた。

冬休みが終わると、女学校の最後の学期が始まった。しかし学校では、出征兵士のズボンのボタン付けなど、勤労奉仕ばかりをさせられるようになっていた。

ある日の放課後、手芸倶楽部の三人組で教室の片づけをしていると、良子がため息をついた。

「あっという間やろうね。卒業まで」

珍しく元気がないので、すみれは心配になった。

「どうしたの？」

「……私……縁談が来てるの。昔から知ってる人や……十五も上のおじさんなの」

突然の告白にすみれも君枝もすっかり驚いてしまった。

「優しい人やけど……でも十五よ？　私の年でなんで十五も上の人と結婚しないといけないんよ……」

それでも断るわけにはいかない縁談なのだと良子は言う。

「潔さんみたいなすてきな人ならな……きっと幸せになれるのに……」

良子は、あさや靴店などで顔を合わせたことのある潔に憧れていたのだ。

「……なんか、なんかな……幸せって、作るものやない？」

そう言葉にしたとき、すみれの頭には祝言の前夜のゆりの言葉がよみがえっていた。

――なくすのが悲しくなるほど大事な人や大切なものがあるゆうのを、幸せゆうんかなって――。

ゆりはそう言っていた。すみれは、良子をまっすぐに見つめて言った。

「優しい人なら、大丈夫よ。良子ちゃんは、幸せになれる」

そんなことがあった日、家に帰ったすみれは、五十八からプレイルームに呼ばれた。なんと、すみれにも縁談が来ているのだという。

「ゆりに好き勝手なことを許したのに、残されたお前に押しつけるゆうのもちゃうやろ思うてるんや。そやから、無理にとは言わへん。昔から、うちの婿にどやろかて言われてる話で……。男ばかりの三人兄弟の三男やからな」

そこまで聞くと、すみれはその場で返事をした。

「私……その人と結婚します。お父様が持ってらした縁談なら、いいお話やと思います」

「すみれ……ほんまに……ええのか……？」

「私は……お父様とお母様が築いてきたこの家を絶やしたくないんです。幸せゆうのは、きっと作るものやと思うから……お父様とお母様のためだけやなく、自分のためにも、この家を継ぎたいと思ってます」

それからすみれは、やっと肝心なことを尋ねた。

「……どんな人？」

「あ、ああ、実は、彼なんや」

五十八に写真を見せられ、すみれは息をのんだ。それは、幼なじみの紀夫の写真だった。

程なくして坂東家で結納が交わされ、すみれの結婚準備は着々と進められた。生前のはなの希望どおり、麻田が結婚支度の靴を作ることになり、足型を取りに坂東家にやって来た。

「お幸せになってくださいよ」

「そうやね……」

すみれの歯切れが悪いので、麻田は心配そうな顔をした。

「どないしました？　なんやご心配なことでも」

「なんかなあ……何を考えてるのか分からなくて……」

思い返してみれば、紀夫は子供のときからそうだった。無口で、子供同士でいても本ばかり読んでいた。ゆりの祝言の日にはひどいことを言われたし、結納の席でさえ、すみれと目を合わせてくれなかった。

「思いを表に出すのが下手なだけの人もおります。すみれお嬢様かて、よう出さんかったけど、心ん中に強いもん持ってましたやろ？　あんまりこういう人や決めつけずに、すみれお嬢様はすみれお嬢様らしく、普通にしとったらええんちゃいますかねえ」

「……そうか」

「大丈夫。奥様が見守ってくださってます。すみれお嬢様は、みんなの思いを持って、幸せになられるんです。私も精魂込めて作らせてもらいます」

「……ありがとう」


昭和十八年六月、坂東家のリビングで、すみれと紀夫の祝言が行われた。ゆりのときよりも準備の時間があったので、喜代は、はなの形見のウエディングドレスを手入れして着せてくれた。

ドレス姿でリビングに入っていくと、皆が口々にすみれを褒めてくれて、五十八は「お母さんにそっくりや」と涙ぐんだ。ところが肝心の紀夫だけは、またすみれから目をそらした。

記念写真の撮影のために、二人はカメラの前に並んで立たされた。

「あの……よろしくお願いします」

すみれが言うと、紀夫はちらりとこちらを見て、すぐにカメラの方に視線を移した。そして目を合わせないまま口を開いた。

「……堪忍してください。あのときはつい……言い過ぎました」

ゆりの祝言の日の話だろう。そして紀夫は、さんざんためらってからこう言った。

「き……き、きれいです」

実は、紀夫にとってすみれは、少年時代から思い続けた初恋の人だった。すみれは九歳のとき、あさや靴店に行こうと黙って家を抜け出して帰れなくなり、五十八から大目玉を食らったことがあった。あの日、紀夫は父親に連れられて坂東家を訪ねてきており、すみれが勇気を振り絞って五十八に気持ちを伝える姿を見て、恋に落ちたのだ。しかし同じ日に紀夫は、すみれの潔への恋心にも気付いてしまった。そのせいで、ゆりの祝言の日に、すみれを傷つけるようなことを口にしてしまったのだ。

それらのことを、すみれは知らないままだ。それでも、紀夫が初めて「きれいだ」と気持ちを言葉にしてくれたことで、わだかまりがフッと消えるのを感じた。

「こっち向いてくださーい」

カメラマンに言われて、すみれは視線を向けた。

カメラマンは、緊張の面持ちの新郎と、笑みを浮かべた新婦に向かってシャッターを切った。

坂東家の婿となった紀夫は、五十八の後継者となるべく坂東営業部で働き始めた。

五十八は貴族院議員としての仕事のために相変わらず東京と神戸を行き来しており、坂東家は紀夫とすみれ、忠一郎と喜代の四人暮らしのようなものだった。

十一月のある日、朝食の席ですみれが緊張気味に紀夫に告げた。

「あ、あの……赤ちゃんが、できました」

「……ほんまですか？」

すみれがうなずいたとたんに、紀夫は箸を置き、どういうわけかダイニングから飛び出していった。驚きながらすみれが追いかけていくと、紀夫はテラスに出て大声を上げた。

「わー！」

「どうしたの!?」

「喜んでいるのです！　僕は、喜んでいるのですー！」

いつも静かな紀夫が、うれしさのあまり空に向かって叫ぶ姿を見て、すみれは幸せをかみしめた。

翌昭和十九年三月、春の足音が聞こえてくる頃、すみれは妊娠七か月を迎えていた。

ある朝、出勤する紀夫をすみれが玄関まで見送りに出ると、見知らぬ男が訪ねてきた。

「坂東紀夫さんはおられますか？」

「私です……」

「おめでとうございます。召集令状です」

妊娠を知ってあれほど喜んでいたのに、紀夫は子供の顔を見る前に出征することになった。

出征間近のある晩、紀夫がすみれに切り出した。

「子供の名前のことなんやけど……男の子やったら、坂東のうちを継ぐことになるので、お義父《とう》さんに付けてもらってください。もし女の子やったら……さくら、という名前にしてください」

「さくら……」

「学生時代……帰省したときに、すみれのことを見かけたことがある」

春のある日、坂東家の近くを歩いていた紀夫は、女学校の制服姿のすみれを見たというのだ。

「子供の頃から君を思っていたけれど……大人になって、桜の花びらが舞う中を歩く君に、僕は……心を奪われた。母であるすみれのように……そして、すみれのお母さんのように……花を咲かす人生を送ってほしい。……今がいちばん幸せや。僕とすみれの子を、しっかり頼みます」

「……はい」


出征の日の朝は坂東家一同だけでなく、紀夫の両親も見送りにやって来た。

「いってまいります」

皆に淡々と挨拶をして去っていく紀夫を、すみれも静かに見送った。辺りには、ちょうど桜の花が咲いていた。


六月、陣痛が始まったすみれのために、坂東家に産婆が呼ばれた。ゆりと喜代が付き添ってすみれを励まし、五十八が廊下をうろうろしながら気をもんでいると、忠一郎がやって来た。

「旦那様、紀夫さんからのお便りが……」

「すみれー！　紀夫くんからやぞ！」

五十八はすぐにすみれに読ませようと廊下から呼びかけたが、ゆりにはねつけられてしまった。

「あきません！　向こうで待っててください！」

ゆりの怒声に続いて、赤ん坊の元気な産声が聞こえてきた。生まれたのは女の子だった。元気に泣いている子を産婆が抱き上げて、すみれに顔を見せてくれた。

「さくらちゃん……こんにちは。かぁいらしいなあ……」

小さな手にすみれが触れると、さくらはギュッと握り返してきた。

体が少し落ち着いてから、すみれは紀夫から届いたはがきを読んだ。

『元気にしてますか？　僕は元気です。子供は無事に生まれましたか？　身体大事にしてください』

無口な紀夫らしいあっさりした内容だったが、それでもすみれは十分うれしかった。


いざ子育てが始まると、苦労の連続だった。栄養不足のすみれはお乳が出ず、粉ミルクの配給は不安定だ。

そんなある日、すみれはさくらを抱いて近所を歩いていた。神戸には外国人が多く住んでいたが、この頃には本国へ帰る人が増えていた。ところが、坂東家ともつきあいのあるノイヤー家の庭をのぞくと、外国人たちが何やら集会を開いている様子だった。集まった人々は皆、赤ん坊を連れており、ノイヤー氏の妻のクリスティーナがすみれに気付いて声をかけてきた。

「Sakura..., she seems rather small. Is she getting enough milk?（さくら……痩せてるわね。ミルク飲んでる？）」

すみれはゆりのように英語ができるわけではないが、クリスティーナの心配そうな顔から何を聞かれているのかは伝わってきた。

「ううん……なかなか手に入らなくて……」

クリスティーナは、もうすぐ帰国するからと言ってたくさんの粉ミルクをくれた。

「ありがとう……よかったねさくら……ほんまよかったねえ」

涙ぐんでいるすみれに、クリスティーナは言った。

「We're having a parenting class now. Why don't you join us?（今、子育て教室中なの。あなたも聞いていきなさいよ）」

意味が分からず、すみれがきょとんとしていると、クリスティーナは通訳を頼もうと若い日本人女性を呼んだ。

「She is a baby-care expert.（彼女は育児のエキスパートよ）」

そう言ってクリスティーナが紹介した日本人女性は、かつて坂東家で働いていた女中・マツの娘の明美だった。明美はすみれをよく覚えていたが、すみれの方は彼女とは初対面だとばかり思っていた。

クリスティーナによれば、日本の育児は遅れているのだという。

「Sumire, shall we go?（スミレも一緒に行きましょう）」

一緒に子育て教室に参加するようにとクリスティーナは誘ってくれていたのだが、明美はその言葉は訳さないままクリスティーナと共に去ってしまった。

すみれはクリスティーナたちが何をしているのか気になって遠目に見ていた。すると、明美の指導の下、皆、正方形の布を赤ん坊の体に巻き始めた。どうやらおしめをしているようなのだが、日本のおしめとは形も使い方もずいぶん違う様子だった。


さくらが生まれた日を最後に紀夫からの便りは途絶えてしまい、そのまま数か月が過ぎた。

昭和二十年、アメリカ軍による日本の本土への無差別爆撃が始まった。空襲警報のサイレンが鳴るたびにすみれはさくらを抱いて、暗い地下室へと逃げ込んだ。

そんな不安な日々の中、ゆりが坂東家に悲しい知らせを持ってきた。これまでなんとか持ちこたえてきた坂東営業部が、国の指示で統制会社に吸収合併されることになったのだという。

「『坂東営業部』ゆう会社はなくなってしまうゆうこと？　お父様とお母様が頑張って作った会社やのに……」

すみれは、気落ちしている五十八を見ているだけでもつらかった。

五十八はショックを受けながらも、すみれとゆりに今後の話を始めた。

「みんなで近江に行こう思うてる。ゆり、お前もや。野上も近江なら安心や言うてくれとる」

五十八の実家がある近江に、皆で疎開をしようというのだ。

「わしは行ったり来たりになるやろが、さくらもおるし、潔くんと紀夫くんを向こうで待つのがいちばんええ思う」

すみれもゆりも、父の意見に従うことにした。

疎開のための荷作りを始めたすみれは、荷物の中に、裁縫箱と結婚の際に誂えた靴を入れた。母の形見のウエディングドレスはどうしたものかと考えていると、手伝いに来ていたゆりが言った。

「それは持っていけないでしょ」

「……そやね」

「そんな顔せんかてええって。また戻ってくるんやから」

ゆりは努めて明るく言い、すみれも笑みを返した。


坂東家の面々が近江の本家に着くと、トク子、長太郎、長太郎の嫁の節子、出征している長太郎の息子・肇《はじめ》の嫁の静子、その息子で八歳になる慶一《けいいち》の、四世代五人が出迎えた。

「すんません大勢で……どうぞよろしくお願いします」

恐縮する五十八に、トク子は遠慮は要らないと言ったが、長太郎は皮肉たっぷりだった。

「困ったときに頼れる場所があってよかったなあ」

その日から、すみれとさくらとゆりが一つの部屋を使わせてもらい、喜代は使用人部屋で暮らすことになった。

この辺りの家ではどこも自分たちの畑を持っており、その作物を食べているので、食卓には野菜の煮物など多くの料理が並んだ。すみれは、これならお乳が出るようになるかもしれないとホッとした。

食べるばかりでは申し訳ないと思い、すみれもゆりも畑仕事を手伝い始めたのだが、慣れないため四苦八苦した。夜は疲れ果てて寝ていると、さくらが夜泣きを始めてしまい、ふすま一枚隔てた部屋にいる静子から、やかましいとどなられた。静子は、さくらが泣くのは母親の愛情が足りないせいではないかと言って、すみれを責めた。


そんなことが数日続いた後、皆がそろった朝食の席で、静子は不満を口にした。

「あんたらのせいで寝不足や……」

「私の……愛情が足りないんやろか……そやからさくらは泣くんやろか……」

新米お母さんのすみれは、すっかり思い詰めていた。

「お母ちゃん、わいもあんなに泣いとったんか？」

慶一が尋ねると、静子は首を横に振った。

「慶一は泣かへんかったわ」

追い打ちをかけるように、長太郎が言った。

「肇も泣かへんかったわ」

すると、トク子が長太郎に尋ねた。

「長太郎、あんたは夜泣きひどかったで。わての愛情が足りんかったんか？」

「そないなこと……」

「赤ん坊は泣くもんや。みんな泣いて育った。お母さんはな、ドンと構えとったらええんやで。泣いてお母さん求めてくれるのも、今だけなんやから」

トク子の力強い言葉に、やっとすみれの不安が和らいだ。

数日後の夜、すみれは布団に入ったものの眠れずにいた。すると、ガタガタと物音がした。恐る恐る扉を開けると、土間に五十八と忠一郎が倒れ込んでいた。

「お父様！　忠さん！」

ゆりも目を覚まして、姉妹で五十八たちを抱き起こした。

「神戸で空襲があったんや……」

この日、五十八は忠一郎と共に神戸の家の様子を見に行っていた。空襲警報におびえて逃げ惑う群衆に巻き込まれ、五十八は人々の下敷きになってしまった。そして、敵機の爆音が鳴り響く中を忠一郎と命からがら逃げてきたのだった。


それから二か月後の八月十五日。日本は終戦を迎えた。

九月に入り、ゆりは会社のあった大阪に、すみれはさくらを抱いて、喜代と神戸に行ってみることにした。

神戸は焼け野原になっており、すみれは茫然とした。坂東家があった場所は、辛うじて家の土台が焼け残っているだけだった。瓦礫《がれき》を避けていくうちに、すみれは地下室への入り口を見つけた。その辺りに置いていた物も燃えてしまっていて、半分焼けたウエディングドレスの残骸があった。それを見つけた瞬間、涙がこみ上げてきた。

だがそのとき、さくらがすみれに向かってにっこりと笑った。辺りを見渡すと、焼け跡で遊ぶ子供たちがいた。すみれは、喜代に向かって言った。

「……戦争、終わったんやね」

やっとそれを実感できたすみれは、坂東家の跡地に立て看板を据えることにした。紀夫も潔も、絶対に帰ってくる。そう信じて、すみれは看板にこう記した。

『紀夫さん　潔さん　坂東家は近江の本家におります。近江で待ってゐます』

## 第3章

# とにかく前に

すみれは近江に戻り、五十八、忠一郎、喜代に、神戸の様子を話して聞かせた。

「辺り一面焼け野原やった。家も焼けてしもうて……何もなくなってしまった……」

五十八たちが言葉をなくしているところに、大阪に行っていたゆりも帰ってきた。

坂東営業部の様子を聞かれると、ゆりの表情が曇った。

「全部焼けて……野上の……野上のお義父さんが……亡くなってました」

五十八と共に長年にわたって坂東営業部を支えてきた正蔵は、統制会社に吸収合併された会社をいつかは取り戻すと力強く語っていた。そんな正蔵の死を知って五十八は茫然とした。

「……東京へ行ってくる。これが議員として最後の勤めになるかもしれんが」

絞り出すような声で言って、五十八は忠一郎と共に東京へ向かった。

九月にはアメリカ軍が和歌山に上陸し、大阪に進駐した。十月に入っても、すみれとゆりは近江での生活を続けていた。紀夫からも潔からも便りはなく、二人は不安を募らせていた。

そんなすみれたちの前で、坂東家に喜ばしい出来事が起きた。出征していた長太郎の息子・肇が無事に帰還したのだ。

その日は肇を囲んで祝いの宴会が開かれた。特別に白米が炊かれ、それを食べた肇は感激して涙をこぼした。

「わしは内地で終戦を迎えたが……外地のもんは大勢戦死してしもて……無念やろな……」

肇のその言葉に、すみれもゆりも平静ではいられなかった。


数日後、すみれが裏庭で薪を運んでいると、荷物を背負って赤ん坊を抱いた女性が現れた。

「あの……」

すみれに声をかけるなり、その人はその場にへたり込んでしまった。

「大丈夫ですか?」

「これと食べ物を交換してもらえませんやろか?」

彼女が背負っていたのは着物や浴衣だった。ろくに食事もせず、歩きどおしだったのだろう。

「夫は戦死しました。配給は遅れてばっかりでなんも手に入らん。この子と二人、どうにか生きていかなあかんのです。どうかどうかお願いします……お願いします……」

すみれは、台所で昼食の支度をしていた節子と静子に相談してみた。しかし、二人の反応は冷たかった。

「エラい安もんやなあ……こんなんと何を交換せえ言うねんな。いちいち相手しとったら、そのうちみんなに狙われて、うちの食べる分がのうなるわ」

しかたなく、預かった着物を持って裏庭に戻ったが、さくらと同じ年頃の赤ん坊の顔を見ると、すみれは、このまま帰らせることなどできないと思った。

「待っててください」

もう一度台所に行くと、節子も静子もいなかった。すみれは貯蔵されていたじゃがいもや大根を麻袋に詰め、裏庭で待つ女性に手渡した。

「これしかできないけど……私も居候の身ですから……」

「おおきに……おおきに……」

泣きながら礼を言い、その人は去っていった。

「あんた。何してくれたん？」

鋭い声に振り向くと、静子がいた。

「……ごめんなさい」

謝るすみれの頬を静子が思い切り打った。

「よその家の食べもん勝手に恵んで、人助けか。あんたはこの家の人間やない。自分かて、お情けで置いてもろうてること忘れんとき！」

何日かたつと、すみれとゆりは長太郎に座敷に呼ばれ、この家を出ていってほしいと言われた。

「肇も帰ってきて、家が手狭になってもうてな。慶一も大きなってきた」

そばで聞いていたトク子がとがめても、長太郎は譲らなかった。

「家がないからゆうて一生甘えられても困るんや。うちにはうちの家族がおるんやから」

そんな長太郎に、ゆりは怒りを抑えられなくなった。

「家だけやない。大阪の会社も焼けたんです。潔さんも紀夫さんも帰ってこない。生きてるかもよう分からない。そんな私らに出てけ言うんですね」

問い詰めても長太郎は黙ったままで、ゆりは余計に腹を立てた。

「もういいです。出ていきます」

そのまま表に出ていったゆりを、すみれが慌てて追いかけた。

「お姉ちゃん！　今出てってどうなるの、どこ行くの」

「……そやかて……悔しいやない……」

怒りに任せて出ていくとは言ったが、ゆりに行く当てがあるわけではなかった。

そのとき、近くで遊んでいた子供たちが突然歓声を上げた。見れば、子供たちに取り囲まれてチョコレートを配っている男性がいる。その顔を見て、すみれは息をのんだ。

「潔さん！」

「ゆり……！　ただいま！」

ゆりは潔の腕に飛び込み、涙した。

「どれだけ心配した思うてんの……」

「堪忍な……」

その後、潔はすみれたちの部屋で、ゆり、すみれ、喜代に囲まれて食事をした。そこに、トク子が挨拶に来た。

「ほんま、お世話になってます」

頭を下げる潔をトク子がねぎらった。

「いえいえ、そないなこと。沖縄は大変でしたやろ」

「まあ……その話は……」

口ごもった潔の様子から、戦地での苦労がうかがえた。潔は、自分の両親の無事を確かめたいはずなのに、不安なのか話を切り出さずにいた。ゆりはそれを察して口を開いた。

「潔さん。お義父さんはね……大阪が空襲を受けたとき、会社にいてて……亡くなったんよ。『坂東営業部』のビルも焼けてしまって……私たちが住んでた家も野上の家も、神戸の坂東の家も何もない……」

「……そうか……そうやったか……」

大阪で見た光景を思い出して、ゆりは涙をこらえ切れなくなった。すると、潔がきっぱり言った。

「大阪に戻る。軍資金を作ろう。も一度おんなじ場所に、『坂東営業部』の看板を揚げな……これで終わりやない。上海の頃の人脈もあるし、進駐軍にもつてがある」

潔は近江に来る前に神戸に寄っており、上海に出征していた頃の知り合いで、今は進駐軍にいる人物に再会していた。子供たちに配っていたチョコレートは、彼からもらったものだった。

ゆりは、大阪で潔と会社の再建を目指そうと決めた。

「すみれは？　どないする？」

「私は……さくらを連れて神戸に戻ろ思うてる。神戸で紀夫さんを待ちます。どれだけ配給が当てになるか分からないけど、貯金を取り崩せばなんとかなると思うから」

すみれの決意を聞いて、喜代もついていくと言った。すると、トク子がすみれを引き止めた。

「子供抱えて女一人やゆうのに……長太郎の言うたことは気にせんでええのやで」

「ううん、大丈夫、頑張るから！　おばあ様元気でね、お体に気を付けてね」

「すみれもな……」

すみれとトク子は、互いの手をしっかりと握り合った。


十二月、坂東家の跡地が進駐軍に接収された。すみれは、庭の隅にバラックを建て、さくらと喜代と一緒に暮らし始めた。

紀夫の消息が分からないまま昭和二十一年を迎え、二月には、「預金封鎖」が行われて国民の生活に大打撃を与えた。銀行の口座が凍結されて、自分の預金を自由に下ろすことができなくなってしまったのだ。下ろせるのは毎月四百円まで。そのうえ、新紙幣への切り替えのため、手元にあるこれまでの紙幣は使えなくなってしまった。さらに、二万円以上の預金には財産税が課されることになった。政府はこれを、インフレを抑えるためだと説明したが、経済は混乱するばかりだった。

人々の命綱だった配給も遅配が続き、すみれは食べ物の確保に頭を悩ませた。闇市に行けば食料は売っているが、驚くほど値段が高く、ほんのわずかしか買い求めることができなかった。

そんなある日、すみれのバラックにゆりと潔が訪ねてきた。不安だらけの日々を過ごしていたすみれは、二人の顔を見るとホッとして笑顔になった。

潔は入ってくるなり上着を脱ぎ始めた。

「隠れて運ばんと、お上にとっ捕まるんでね」

潔は、体に袋を巻きつけて米と粉ミルクを運んできていた。ゆりも砂糖や小豆をポケットに隠していた。二人は大阪・梅田の闇市にバラックを建て、進駐軍とのつてで手に入れた食料品を売って暮らしていた。

近ごろは薄い粥《かゆ》ばかり食べさせていたさくらにミルクを与えると、上機嫌で飲みだした。さくらの笑顔を見て、すみれが安堵《あんど》していると、東京に行っていた五十八と忠一郎もやって来た。

思いがけずバラックにすみれ、ゆり、潔、五十八、喜代、忠一郎がそろい、皆で再会を喜び合ったが、話題はすぐに食糧不足や、預金封鎖のことになった。

「こんなことでモノの値段が簡単に下がるとは思われへん。この国はめちゃくちゃや」

潔の言葉で、重苦しい沈黙が流れた。五十八は、苦しい胸の内を語った。

「私は……微力やが、この国をようしとうて議員になった。それが進駐軍に取り調べられて……なんものうなってしもうた。会社や家だけやない。野上もや。このまま近江に、引っ込も思うてる」

皆、五十八にかける言葉が見つからなかった。

「潔くん。誰に負けたんやろな、私は……何に負けたんやろな……」

「負けと決めるには、まだ早いんちゃいます？　わしはゆりと、『坂東営業部』を絶対に復活させてみせます。こんなことで、お義父さんと親父が必死でやってきたことがなかったことにはならへん。日本が戦争で負けたからゆうて、お義父さんと親父が負けたことにはならへんのや。まあ、見とってください」

力強い潔の言葉に、五十八の瞳から涙があふれた。


すみれはその晩、売って現金に換えられる物はないかと衣装箱を開けてみた。思い出のある品ばかりだが、食べ物を確保するためには売るしかない。そう分かっていても、手放すのは忍びなかった。

ふと見ると、衣装箱の中に封筒があった。開けると、紀夫と撮った結婚記念の写真と、生まれたばかりのさくらを抱いたすみれの写真が入っていた。これらの写真を持ち歩けるように、すみれはケースを手作りした。大切な写真を入れるものなので、刺繍もして丁寧に縫い上げた。


翌日、すみれは衣装箱から選んだ雑貨や洋服を風呂敷に包んで、大阪のゆりと潔のバラックへ向かった。それらの物をゆりたちに買い取って販売してもらえないかと考えてのことだった。

訪ねていくと、先客がいて、食卓にはツヤツヤと輝く白米のお握りが並んでいた。

「こいつ栄輔いうんや。わいの弟分」

復員列車で潔と知り合って意気投合したという岩佐栄輔は、潔をアニキと呼んで慕っていた。

「そんで、家には戻ったんか？」

潔が尋ねると、栄輔はお握りを食べながら答えた。

「ああ……焼けてのうなってたわ。父ちゃんも母ちゃんも妹も死んどった」

「そやったか……。それやったら、この近くでお前の住むとこ探したる。食うたらすぐ行くで」

「さすがアニキやわ……ありがとう！」

潔たちが出かけていくと、ゆりはすみれにお握りを勧めた。

「こんなんいつも食べてるんや」

「今日は潔さんのお客さんが来たから特別よ。これで今月は厳しくなるわ」

そう言われると、すみれは持ってきた品物を買ってほしいとは言いだせなくなった。


すみれは神戸に戻り、闇市に出向いた。そこで売られている物にはどれも、公定価格の何倍もの値段が付いていた。驚いていると、男が近づいてきた。

「品もん、見たろか。売りにきたんやろ」

「……やっぱり、いいです」

いざとなると、ふんぎりがつかず、すみれは逃げるように立ち去ってしまった。

街を歩いていると、『女店員入用』という貼り紙が目に留まった。何の店だろうと思い見ていると、背後から鋭い声が飛んできた。

「邪魔やねえ、おどき」

振り向くと、進駐軍の白人兵に腕を絡ませ、派手な化粧にハイヒールといういでたちの女性がいた。

「あんた、相変わらず、のろのろトロトロしとんのやな」

そう言われても、すみれは相手の顔に見覚えがなかった。

「私が分からへんの？　女学校で一緒やった悦子様やないか」

名乗られて、すみれはハッとした。化粧のせいでまるで別人だが、目の前にいるのは、女学校の遠足の日に弁当のことで君枝と言い争いをした、あの悦子だった。

「Go ahead, please. I'll join you soon.（すぐ行くから先に入ってて）」

悦子が言うと、連れの白人兵は貼り紙がある店に入っていった。そこは、悦子が働くキャバレーだった。目を丸くしているすみれに向かって、悦子は言った。

「あの悦子様がキャバレーかって？　昔の自分なんて捨てなやっていかれへんわ」

悦子は、神戸の空襲で夫を含め家族を全員亡くし、家も失ったのだという。

「それでも生きなあかんねん。たった一人残った娘のために」


悦子との再会で、すみれはなんとしてもさくらと共に生き抜こうという決意を新たにした。そして再び思い出の品々を持って、それらをどのように売ったらよいか相談するため大阪のゆりと潔を訪ねた。

すみれが売ろうとしているのは、五十八に買ってもらった服や舶来のマフラーなど、大切にしていた物ばかりだったため、ゆりは切なそうに言った。

「……思い出も売らなあかんのやな……」

「大丈夫。ちゃんとさよならしたから。思い出より、さくらとのこれからの方が大事や」

すみれの決意を聞くと、潔は、自分が現金に換えてくると約束してくれた。

「でもな、厳しいこと言うようやけど、これからはタケノコやってても先はない思うで」

着ている物を一枚一枚脱いで売っていくことをタケノコと呼ぶのだと潔は言う。

「そやけど……どうすればええのかな……」

「働くしかない。働くことで、自分のその先を、この先の未来を見いだすしかあらへんのや。時代は変わった。すみれちゃんも、昔のように、こじょうちゃんのままではおられへんねんで」

しかし、お嬢様育ちのすみれには、自分にどんな仕事ができるのか、見当もつかなかった。とりあえず、当面必要な現金を工面するために、すみれはさらに思い出の品を売る決心をした。


翌日、すみれはあさや靴店を訪ねた。

「すみれお嬢様！　ご無事でしたか！」

店が焼けずに済んだので、麻田はアメリカ兵の靴の修理や下駄《げた》作りをして、なんとか商売を続けていた。

「実は……この靴を売ってもらえないでしょうか……」

風呂敷包みから、すみれは三足の靴を取り出した。結婚するとき、あさや靴店で誂えたものだ。

「これは、すみれさんのためだけに誂えたもんや。ほかの人に売るやなんて……堪忍してくださ い」

「麻田さんが私のために精魂込めて作ってくれたこと……忘れたわけやありません。でも……それでもお金が必要なんです。さくらを食べさせるために」

すみれは麻田に、写真ケースに入れたさくらの写真を見せた。

「なんとまあ、かいらしい……。この写真ケース……よろしいなあ」

ケースがすみれの手作りだと知ると、麻田は思いもよらない提案をした。

「いろんなもんを作って、ここで売ったらどうですか？」


早速その晩から、すみれは手芸品作りに取りかかった。手持ちの洋服などをほどいて材料にし、写真入れや巾着袋などに縫い直して刺繍を入れていった。寝る間も惜しんで縫い続けたすみれは、数日後、出来上がった品々を持って、あさや靴店に向かった。

店の一角のカウンターがすみれの売り場ということになり、商品を並べて待っていると、麻田が近所の主婦四人組・時子《ときこ》、綾子《あやこ》、文《ふみ》、千代子《ちよこ》を連れてきてくれた。

「私、そこの時計屋の娘で、時子といいます。こっちはパン屋の娘の綾ちゃん、古本屋の文ちゃんに、家具屋の千代ちゃん」

四人とも赤ん坊を連れており、すみれの手芸品を見ると、ワイワイと盛り上がった。

「刺繍がええなあ」

「ほんまに」

褒められてすみれがうれしくなっていると、綾子の赤ん坊が泣きだした。おしめがぬれているらしいと分かって、綾子はあやしながら店を出ていった。

「なら、うちらも行こか」

時子が言うと、文と千代子も何も買わずにさっさと帰ってしまった。すみれががっかりしていると、入れ替わりに白人の男性客が入ってきた。

「すみません、靴の修理お願いします」

流暢《りゅうちょう》な日本語で言われて、すみれは驚いた。

「私、新聞社の通訳してます。日本語、大丈夫」

麻田が外に出ていたので、帰りを待つ間にその男性はすみれの手芸品を眺めた。

「……これ。ワイフにプレゼント」

すみれの商品が初めて売れた。


ところが、それから一週間が過ぎても、その外国人男性以外に買ってくれる人は一人もいなかった。

「どうしたら売れるんやろ……」

思わずカウンターでため息をついていると、表の掃除をしていた麻田が、見覚えのある女性を連れて入ってきた。

「明美さん」

近江に疎開する前、坂東家の近所に住むクリスティーナの家で会って以来の再会だった。

「なんや知り合いやったんか」

麻田が言うと、明美は首を横に振った。すみれは、明美が自分を覚えていないのだと思って自己紹介した。

「私、坂東すみれといいます。クリスティーナさんのお宅で一度お会いしたことあるんです」

「すみれさん、ここで手作りの雑貨売ってるんやで」

麻田に言われてカウンターの中を見ると、明美は冷たく言い放った。

「誰が買うねん、こないなもん。みんな食うのも困っとるのに。あんた、こないなもん売って生活しよなんて思うとんのか。やっぱり……あんたは、甘いんよ」


明美の言葉にショックを受け、すみれは翌日、あさや靴店に行くことができなかった。手芸品を作る気にもなれず、刺繍糸や毛糸を見て考え込んでいると、バラックに潔と栄輔が訪ねてきた。

「差し入れや！」

二人は上着の下に隠して、食料品を運んできてくれていた。

「さくらは元気か？」

さくらをあやしてくれる潔に、すみれはため息交じりで言った。

「私、自分が甘いゆうことよーく分かったわ」

「……わしらにできることはするからな。なんでも言うてくれ」

すると、栄輔がすみれに尋ねてきた。

「すみれさん、年は……」

「もうすぐ二十一になります」

「オレの死んだ妹と一緒や……。こないな言い方変やけど……死んでもうたらなんにもならへん。生きとうても生きられんかった妹の分まで、頑張ってほしい」

「……はい。頑張らなね」


栄輔の励ましで気持ちを立て直すことができたすみれは、次の日はあさや靴店のカウンターに立った。すると、初日にすみれの手芸品を買ってくれた通訳の男性がまたやって来た。麻田に修理を頼んだ靴を受け取りに来たのだ。

「こんにちは。ワイフ、喜んでました」

「ほんまですか？　うれしいわ……」

「もうすぐ子供が生まれます。でも、長旅で体を壊してしまって……家でずっとベッド。寂しい思いをさせています……」

「……そうですか」

「あー、私はジョン。ジョン・マクレガー」

「すみれです。坂東すみれ。私も一歳の子がいるんです。なんか……作ってお持ちしましょうか？　例えば……おしめとか」

「それは助かります。ぜひワイフに会ってください。そのおしめ、買わせてください」

こうして話がまとまり、すみれは自分の浴衣をほどいてたくさんのおしめを作った。

数日後、おしめを持ってマクレガー家を訪ねると、ジョンに、妻のエイミーを紹介された。

「Good afternoon. I'm Amy. Thank you for taking the time to come today.（こんにちは。エイミーです。今日はわざわざ、ありがとう）」

大きなおなかを抱えてベッドにいるエイミーは、すみれを笑顔で迎えたが、おしめを見たとたんに笑みが消えた。

「I don't understand. I've never seen a diaper like this.（どういうこと？　こんなおしめ見たこと

もないわ)」

そして、おしめを投げ捨てて言い放った。

「This isn't what I need! I knew I shouldn't have come to Japan!（こんなの要らないわ！　やっぱり日本なんて来るんじゃなかった！)」

今日のところは帰ってほしいとジョンに言われ、すみれはおしめを全て持ち帰った。

帰宅したすみれは、この一件を喜代に話して聞かせた。

「日本とアメリカはんのおしめは違うんですかねぇ……」

「……私、見たことあるんやけど……」

すみれは、明美がクリスティーナの家でおしめの巻き方を教えていたときの様子を思い出しながら、さくらの体に風呂敷を巻いてみた。だが遠目に見ただけなので、うまく再現できなかった。


すみれの手芸品は相変わらず売れていなかった。しかしある日、時子たち主婦四人組が、またあさや靴店に品物を見にやって来た。

「やっぱりすてきやわ……刺繡がええねん」

そのとき、店の前を着飾ったアメリカ人女性が通るのが見えた。

「……あんなオシャレしたいなあ」

「そやけどお金ないし……」

「作り方も分からへんし、生地も手に入らへんし……」

四人がそんなことを言っているので、すみれは品物を手に取って提案してみた。

「……お教えしましょうか？　お洋服は無理ですけど、こういった物なら皆さんがお持ちの布を作り変えてできると思います」

時子たちは大喜びし、数日後には、あさや靴店で手芸教室が開かれることになった。すみれは、品物を売ることは思うようにいかなくても、教えることが仕事になるかもしれないと期待して、手持ちの洋服をほどいて、時子たちのために手芸の材料を用意した。

四人はすみれに教わって、刺繡入りの写真ケースを完成させた。

「どんな写真入れよかな」

皆、満足そうだったが、すみれへのお礼の話になると、とたんに気まずそうな顔をした。

「私ら、家のお金が使えなくて……」

現金を手に入れるのに苦労しているのは、すみれだけではない。パン屋の綾子はコッペパン一つ、時計屋の時子は砂時計といった具合に、自分の店の商品を、すみれへの謝礼にと差し出した。古本屋の文からは古い辞書を、家具屋の千代子からは鮭をくわえた木彫りの熊を渡され、すみれは思わず苦笑した。

時子たちが帰ると、すみれはつい、麻田に弱音を吐いた。

「すてきやキレイやな言うてもろうても……必要とされてないんや、私の作る物は。やっぱりぜいたく品やね……私かて、いいと思うても買わへんわ……もう潮時やろか。先の不安ばっかり」

「……どんなことがあっても、人生は続くし、前向いていかなあかん。しがみつくことが大事なときもある思います。苦しくても、もがいてもがいて前に進もうとしとると、いつかパチンとはまるときが来る。何が見つかるかも分からんし、どこにたどり着くかも分からへん。そやけどな、なんもせんへんかったら、なんも見つからへん。そういうもんや思いますで、人生ゆうんは」

ある日ざしの暖かい日、すみれは、ゆりと潔に誘われて、さくらを連れて海に出かけた。栄輔も一緒にやって来て、海辺で潔と水を掛け合ってはしゃいでいた。すみれとゆりは浜辺に腰掛け、そんな二人を見ながら話をした。

「今日はあったかいなあ、春みたいやわ。たまにはこういうのもええやろ？」

つらいことが続いているすみれは、ゆりの言葉を素直に受け取ることができなかった。

「お姉ちゃんがそんなふうに言えるのは、潔さんが無事に、生きて帰ってきたからやね。私は、あったかくても春みたいでも……そんなふうには思われへん……」

すみれは涙ぐみ、さくらをぎゅっと抱き締めた。

「こんなん八つ当たりやね、ごめんね、お姉ちゃん」

「私こそ、すみれの気持ちも考えんと……。紀夫くん、何してんのやろな……すみれ一人にして。早《はよ》う帰ってきてよ……」

そこへ、水辺にいた潔と栄輔が近づいてきた。

「おーい、握り飯食うぞ！」

「すみれさん、今日ええ天気でよかったなあ！」

「……ほんまやね」

すみれは無理に笑ってみせた。そんなすみれを見て、潔はハッとした。

「わしは……すみれちゃんのことを追い詰めてしもうたんやないやろか。働かなあかんやなんて」

「そんなことない。潔さんだけやない。麻田さんにも言われたわ。どんなことがあっても、人生は続くし、前向いていかなあかんて。しがみつくことが大事なときもあるって」

何もしなければ、何も見つからないと麻田は言った。大切なものは、自ら探さなければ見つからないのだ。

ふと、すみれの脳裏に、亡き母に将来の夢を話したときのことがよみがえった。

――お母様、私……私な……もうろた人が……うれしい言うてくれるような……思いを伝えられるような……そういうべっぴんを作る人になりたい――。

あのとき、母は笑顔で言ってくれた。

――ええなあ……なれるよ、絶対――。

すみれは、さくらを抱いて立ち上がり、きらめく海を見つめた。

「しがみつかな……」

そして、ゆりたちの方を振り返って、笑顔を見せた。

「……ごめんね……私は大丈夫や！」

すみれはまたあさや靴店で手芸教室を開き、裁縫をしながら、時子たちにどんな品物があれば買いたいか尋ねてみた。

「自分のもんは絶対買われへんな」

綾子が言うと、時子も同意した。

「やっぱり子供のもんやろなあ。外国に、便利なおしめがあるって聞いたよ。一回一枚で、かさが半分なんやて」

この頃の日本の一般的なおしめは二枚一組で、一日の洗濯量は大変なものだった。外国のおしめと聞いて、すみれはある人のことを思い出した。


翌日、すみれはマクレガー家を訪ねた。エイミーの機嫌を損ねてしまったばかりなので迷ったが、今度はさくらも連れていった。思い切って呼び鈴を押すと、ジョンが出てきた。

「こんにちは。あの、エイミーさんいらっしゃいます？」

取り次いでもらうと、エイミーはさくらを見て笑顔になった。

「What a pretty baby!（なんてかわいい子なの！）」

さくらがしているおしめを見せると、エイミーは言った。

「It is not like the one my sister used.(私のお姉さんが使ってるのは、こんなんじゃなかったわ)」

「四角いおしめですか？」

「Yes! It is easy for babies to move their legs and fits more to their bodies.（そう！　足も自由だったし、もっと体に沿ってた)」

だが、今回が初産のエイミーは、おしめの詳しいことまでは分からないという。どうしたものかとすみれが考えていると、今度はエイミーの方が質問をしてきた。

「I am so sorry for my behavior before. How does it feel being a mother? I am so worried.（この前はごめんなさい。母親になるってどんな感じ？　私、とても不安で……)」

「……私の姉が言っていました。なくすのが悲しくなるほど大切なものがあるゆうのを、幸せって言うんだって。私は今、さくらがいて幸せです。大丈夫。きっと元気な赤ちゃんが生まれますよ」

励ましの言葉をジョンに訳してもらうと、エイミーは片言の日本語で答えた。

「すみれ……ありがとう」

マクレガー家を後にすると、すみれはあさや靴店に行き、麻田に明美の居場所を尋ねてみた。彼女に会えれば、外国の正方形のおしめのことを教えてもらえるはずだ。だが、残念ながら麻田は今の明美の住所を知らなかった。

「家は三丁目の裏の方にあったんやけど、空襲で焼けてもうて……お母さん亡《の》うなってるし、親戚もおらへん言うてたな……確か神戸にはおるって話やったけど」

それでもすみれは、正方形のおしめのことを諦められなかった。その晩もバラックで風呂敷を折って試行錯誤していると、喜代が言った。

「クリスティーナさんのとこで見た言うてはりましたな」

「日本人の育児のエキスパートやゆう人が教えてたんよ。英語ペラペラでね。明美さんゆう人で、あさやさんの近くに母一人子一人で暮らしてたらしいんやけど」

「明美……あの明美ちゃんやないやろか。女中のマツさんの娘さん」

「え？　マツさんの⁉　……今どこにいてるか分かる？」

「さあそこまでは……確かあの子は、看護学校行ったんや」

喜代が明美の勤め先の病院名を覚えていたので、すみれは翌日、早速訪ねてみた。しかし、明美はもう、その病院を辞めてしまっていた。

こうなると、神戸中の病院をしらみつぶしに当たってみるぐらいしか、明美を捜す手立てはない。病院の数は相当なものになるうえに、明美が今も看護師を続けているという確証もない。それでもすみれは、連日足を棒にして明美を捜し続けた。

ある朝、病院巡りに出かけようとすみれが家を出ると、思いがけず栄輔と出くわした。

「今日は仕入れた缶詰とトウモロコシの粉を持ってきたんや。えーと……さくらちゃんエラいええ子やったから……小さくてかわいいなあ思て」

人を捜しに行くところだとすみれが言うと、栄輔はバイクで目的の病院まで送ってくれた。

栄輔に礼を言って見送り、すみれが病院に入っていこうとすると、ちょうどそこに看護師の制服を着た明美が出てきた。

「明美さん！　やっと会えた……ほんま、ずっと捜してたの！　神戸中の病院回って」

「……なんで？」

「お願いがあるんです。私、必要とされてる物を、必要としてる人のために作りたい思うてます。それで、それを売って、生活していきたい思うてます。何がいいか……ずっと考えてて……赤ちゃんが、ほんまに気持ちよく過ごせる物がいいんやないか思うて。それで、明美さんがいつか作ってたおしめ、作り方教えてもらえないでしょうか？　もちろんお礼はします。私と一緒に、仕事してもらえませんか」

必死に思いを伝え、すみれは明美の返事を待った。すると、考え込んでいた明美が口を開いた。

「……嫌や。こんな時代に夢や希望や思うてるあんたは、ほんまにお嬢さんなんやな。苦労したことないからそんなふうに思えるんや。ほんまに甘いわ」

そう言い放つと、明美はすみれを残してきびすを返した。

「ちょっと待ってください」

すみれは、病院に戻りかけた明美を慌てて呼び止めた。

「あの……私が思ってること、間違ってますか……」

「……あんた、私のお母ちゃん知ってる？」

「マツさんですよね？　小さい頃に優しくしてもらったの、よく覚えてます」

「うちが生まれてすぐにお父さんが亡《の》うなって、お母ちゃんは大変な思いして、うちを一生懸命育ててくれた。強い人で……泣き顔なんて見せない人やったのに……」

子供の頃に坂東家を訪ね、お菓子を盗もうとしていると間違えられたときのことを、明美はどうしても忘れられなかった。マツは、明美を叱った女中に頭を下げた後、涙を浮かべていた。

「貧乏やから、悔しい思いして……あんたには分からへんやろ。うちは負けとうない思いだけで、必死に勉強してきた。お金のためにこの仕事に就いたのに……楽させてやりたい思うてたのに……お母ちゃんは死んだんや。あんたの家をクビになってから、もっと酷な仕事しかのうて……

体かて弱かったのに……。あんたのせいとは思わへん……けど……あんたたちのせいやと思てしまうんや……一緒になんて、無理や」

返す言葉のないすみれに、明美はさらに厳しい現実を突きつけた。

「それに材料もあらへん。外国のおしめゆうのは、肌触りがようて柔らかくて水をよう吸う生地があらへんと……。このご時世、そんなん簡単には手に入らへんやろ……やっぱりお嬢さんの考えることは絵空事やな」


帰宅すると、すみれは手持ちの浴衣や洋服を出して、おしめになりそうな物を探してみた。だが、明美が言っていたような生地は見当たらなかった。自分の甘さを思い知らされて、ため息をついていると、喜代がお茶とお菓子を持ってきてくれた。

「これ、ゆりお嬢様が持ってきてくださったんです。ほんま、闇市にはなんでもあるんですねえ」

元気がないすみれを気遣って、喜代は尋ねてきた。

「どうされました？」

「……明美さんに会《お》うたの。マツさん、亡くなったって……」

「そうやったんですか……」

「私……恵まれてたんやねえ……。気付かないうちに……明美さんのこと傷つけて……」

「知らんうちに傷つけてることなんて、たくさんあります。そやけど、逆もあるんです。知らんうちに他人を喜ばせとったり、幸せな気持ちにさせとったり」

「……思い当たらないわ」

「そら知らんうちにやから、知らんのですよ、本人は」

すみれは翌日、梅田の闇市に生地を探しに出かけた。すると、見知らぬ男にいきなり腕をつかまれた。

「向こうで一緒に一服しようや」

見れば、路地裏で柄の悪い男たちが輪になってたばこを吸っている。逆らおうとしても強引に腕を引かれ、すみれはそちらに連れていかれそうになった。

「ちょっと、やめて！　誰か！」

声を上げても、皆、見て見ぬふりだ。そのとき突然、男のどなり声が響いた。

「何しとんじゃ!!」

栄輔が飛んできて、すみれの腕をつかんでいた男を殴りつけた。すると、男の仲間たちが集まってきて路地で乱闘が始まった。

「逃げろ！」

栄輔に言われてすみれが駆け出すと、ちょうど、バイクに乗った潔が通りかかった。

「すみれちゃん？　どないしたんや？」

「栄輔さんが！」

すぐに潔が加勢して、栄輔はなんとか柄の悪い連中の手を逃れた。だが、殴られて顔に怪我《けが》をしてしまい、潔たちのバラックでゆりに手当てをしてもらった。

「栄輔さん、堪忍な……」

すみれが謝ると、栄輔は大きな声で言った。

「すみれさんが謝ることやあらへんよ！」

潔は、すみれに闇市に行った訳を尋ねた。

「生地を探してて。肌触りがよくて、柔らかくて、水をよく吸う生地らしいの」

探してみようと潔は約束してくれ、栄輔も、自分も手伝うと張り切った。

「何に使うんや？」

「おしめよ。作って売ろうと思ってるの。やっぱり雑貨はぜいたく品やから、このご時世にはそんなに売れないのよ。でも、赤ちゃんが本当に気持ちよく過ごせる物ならと思うて」

「なるほど……こじょうちゃんの頃と変わらんなあ、さすがの行動力や」


その日、神戸に戻ったすみれは、商店街で時子とすれ違った。

時子がしている腕時計に、すみれは見覚えがあった。確か、すみれの祝言の日に良子がしていたものだ。夫からの贈り物だとうれしそうに話していたのを、すみれはよく覚えていた。

「時子さん、その時計って……」

時子の父に聞いてみると、時計を売りに来たのは小澤良子という女性だという。良子の結婚後の名前だ。良子の家があった辺りは空襲で焼けてしまい、今は居所が分からなくなっていたが、時子の父の話から、以前と同じ辺りに暮らしているらしいことが分かった。

翌日、すみれは良子を訪ねてみることにした。さくらをおぶって小さなバラックが並ぶ路地裏を歩き、たどり着いた家で声をかけてみた。

「ごめんください」

すると、中から懐かしい顔が現れた。ずいぶんとやつれてはいたが、間違いなく良子だった。

「すみれちゃん……」

「良子ちゃん……無事やったの……。よかった……」

二人は涙ながらに抱き合い、再会を喜んだ。

その後、すみれは良子の家に上がらせてもらい、近況を報告し合った。良子は、さくらと同じ年頃の龍一《りゅういち》という息子と二人でバラックで暮らしていた。すみれと同様に、出征した夫とは連絡が取れないのだという。

「親戚のいる金沢に家族で疎開してたんやけど、もう頼れなくて……。貯金を取り崩したり、ほかの親戚からも助けてもらったりしてなんとかやってたけど……みんな財産税も払わなくてはいけなくなって……」

それで、夫からの贈り物の腕時計まで売らなくてはならなかったのだ。

沈んだ気持ちで話を聞いていたすみれは、龍一が着ている洋服やよだれかけを見て驚いた。

「これ……良子ちゃんが作ったの？」

「ええ、そうよ。ポケットが多いでしょう。男の子は、ポケットが好きなの。なんでも入れてしまうから、大きいのをたくさん付けたの」

「これ、落ちないようになってる！」

ポケットが、入り口の狭い台形になっていることに、すみれは感心した。

「これくらいしかやることがないのよ。作りながらね、いつも君ちゃんやったらすてきなデザイン考えるんやろなあって思うのよ」

「そうやろうね！　君ちゃんどうしてるんやろ……分かる？」

良子も気になっていたが連絡を取っていないというので、二人は一緒に君枝を訪ねてみることに決めた。


子供たちを連れて君枝の嫁ぎ先に行ってみると、家は焼けずに残っていた。だが、警備のアメリカ兵が現れて、すみれたちに声をかけてきた。

「Who are you? We've already taken over this house.（なんだ君たちは。この家は占領軍が接収した）」

何を言われているか分からず、すみれたちは君枝の嫁ぎ先の「村田」という名字を繰り返した。するとアメリカ兵は、敷地内の小さな建物を指さした。

そちらに行くと、君枝の義母の琴子《ことこ》が迎えてくれた。

「君枝さんの女学校時代のお友達でしたか。驚かれたでしょう？　こんな使用人用の建物にいるなんて」

「あの、君ちゃんは……」

良子が尋ねると、琴子は顔を曇らせた。

「実は、ちょっと寝込んでまして……もともと体が弱かったうえに、気持ちも沈んでしまって……」

すみれたちは、琴子の案内で君枝の部屋に行った。

ベッドで横になっていた君枝は、二人の顔を見ると、起き上がって笑顔になった。

「すみれちゃん！　良子ちゃん！」

「君枝さん、無理せんようにね」

琴子はそう声をかけて部屋を出ていった。

懐かしの手芸倶楽部の三人がそろうと、全員が母親になっていることが分かった。君枝にも一歳になる健太郎《けんたろう》という男の子がおり、健太郎はさくら、龍一と一緒になって遊び始めた。

「君ちゃん、ずっと体調よくないの？」

すみれが尋ねると、君枝はため息交じりで答えた。

「まあねえ……日本も負けてしまったし。勝つと信じてたから、それまでの辛抱だと思って生きてきたのに……」

「君ちゃん……そんなこと言わないでよ……」

すみれが励ますと、君枝はまた一つため息をついた。

重苦しい空気を変えようと、良子が明るい声で尋ねた。

「お姑《しゅうとめ》さん、優しそうねえ。君ちゃんの旦那さんは……」

「この間、もうすぐ帰るってゆう知らせが届いたところなの。二人のところは？」

なんの便りもないとすみれたちは答え、良子は苦しい胸の内を明かした。

「私……これからのこと考えると、やっぱり不安で……どうやって生きていけばいいのか……」

そのとき、さくらが部屋の隅の台に掛けられていた布を引っ張った。すると、ミシンが姿を現した。

「これだけはどうしても手放せなくて」

君枝がそう言ったのをきっかけに、すみれは話を切り出した。

「実は……自分で作った物を売って、生活したいって考えてるの」

雑貨を売ろうとしてうまくいかなかったが、子供の物ならば売れると思うとすみれは語った。

「三人で何かできないかな。良子ちゃんは龍ちゃんの服作るのに、工夫してるし、君ちゃんが一緒やったら、もっともっとすてきな物が作れると思うの」

だが良子は、無理だと即答した。

「私が商売なんて……お客さん相手の商売なんてできない」

君枝も、すみれに賛同はしてくれなかった。

「すみれちゃんが頑張ろうと思ってるのは分かるけど、頑張れば報われるわけでもないし……」

だめ押しのように、良子が付け加えた。

「いくら子供の物でも、買う人はいないんやない？　しょせんは素人の趣味の域を出てないし……」

しばらくして、気まずい空気のまますみれと良子が玄関を出ると、琴子が後を追ってきた。

「また遊びに来てくださいね。でも、商売に誘うのはやめてください」

琴子は、ひそかにすみれたちの会話を聞いていたのだ。

「おたくは大変や思います。旦那様も帰らん中、家もなくて子供もおって……けど、どうか君枝を巻き込まんといてくださいね」

「はい……分かりました……」

すみれには、そう答えることしかできなかった。


ある日、すみれが配給の受け取りから帰宅すると、ジョンが訪ねてきていた。

「エイミーがまた体調を崩して、すみれに会いたいと言ってます。明日なら私も家にいるので、会いに来てくれませんか？」

「分かりました」

そこに、大量の生地を担いで栄輔がやって来た。

「すみれさん、おしめの生地やで！」

栄輔が担いでいるのは、すみれが潔に頼んでいた生地だった。すみれはジョンを見送って、栄輔には生地を玄関に運び入れてもらった。

「アニキが行った工場の倉庫に残っとったんや。そんで話つけとってくれて」

「ありがとう……ほんまに、ほんまにありがとう……このお礼はいつか必ずします」

「お礼なんて……それよりあんまりこっち見んとってや。照れてまうやろ」

闇市ですみれを助けたときには勇ましかった栄輔が、恥ずかしそうに目を伏せた。

その後すみれは、おしめ用の生地の一部を風呂敷に包み、明美が働く病院へ向かった。

病院の裏口で長い間待ち続けていると、明美が現れた。

「これ、外国で使うおしめの生地で間違いないですか？」

「そうやけど……どないしたの……？」

「知り合いが手に入れてくれたんです。明美さんも使《つこ》てください」

「……闇市に持っていけば売れるやろ」

「いいんです。これは明美さんへのお礼なんやから」

明美は生地を受け取ったものの、戸惑った様子ですみれを見つめた。

「私は明美さんの言うとおり、世間知らずで無知やったと思う。知らないうちに傷つけてしまって、ごめんなさい……。でも、今の私はあの頃とは違う。戦地に行った主人からは、一年半も連絡がない。今の私はなんにも持ってない。だけど、守らないといけない娘がいる。私は……連絡がなくても主人を待つと決めたんです。娘を主人に会わせるために、娘と生き抜くために、なんでもしないと。明美さんから見たらほんまに甘いやろうと思います。そう見えても、私は私で必死なんです。必死なのは明美さんだけやないんです」

この前は言葉にできなかった思いを、すみれは一生懸命に伝えた。

「……ほんで？　おしめを必要としとる人はおるんか」

すみれがうなずくと、明美はぶっきらぼうに言った。

「……作り方だけ教えるわ。勘違いせんときや。これのお礼や。これ以上は関わりとうない思うてるから」

すみれは帰宅すると、生地を大鍋に入れて煮沸消毒した。新しい生地でおしめを作る場合は、まずのりと油気を落とさなくてはならないと明美が教えてくれたのだ。縫い方も教わってきたので、消毒した生地を一晩中縫い続け、正方形のおしめがたくさん出来上がった。

翌日は、それを持ってエイミーに会いに行った。

「This is it. This is the shape! Thank you, Sumire!（これだわ。この形！　すみれ、ありがとう！）」

そう言われてホッとしていると、エイミーがおなかを押さえて苦しそうにし始めた。

「生まれるんやないかな……。大丈夫大丈夫……元気な子が生まれますよ。赤ちゃんは本当にかわいいの。こんな苦しいのすぐに忘れます」

ジョンがすみれの言葉を通訳した。すみれは動転しているジョンを落ち着かせ、車を呼ぶようにと言った。その後、エイミーは病院で元気な赤ん坊を産んだ。

数日後、エイミーと赤ん坊が退院したと聞き、すみれはまたマクレガー家を訪ねた。今度は、明美も一緒だった。

「なんでうちが……もう関わり合いとうない言うたやろ」

明美は不満そうだったが、すみれは、エイミーがおしめの使い方が分からないと言っているからと説き伏せた。

明美は、すみれ、エイミー、ジョンの前で、赤ん坊に正方形のおしめを巻いてみせた。安全ピンを使ったその方法は、すみれにとって思いも寄らないものだった。

おしめをして気持ちよさそうにしている赤ん坊を見て、エイミーはすみれに頼んだ。

「Sumire, could you make something special for her?（ねえすみれ、この子に何かすてきな物を作ってもらえないかしら？）」

英語が得意な明美が、エイミーの言葉を通訳してくれた。

「赤ちゃんがいつかお母さんになって、娘が生まれたらその子も着られるような、ずっと、一生大事にできるような、お洋服作ってあげたい言うてる」

「……やらせてください」


家に帰ると、すみれは自分の洋服を並べて眺めた。ほどいてエイミーの赤ん坊の服にするのによさそうな物はないかと思ったのだが、どれもピンとこない。さらに衣装箱を開けてみたすみれは、半分焼け焦げてしまった、はなの形見のウエディングドレスに目を留めた。

「……お母様……ええ？」

天国の母に問いかけると、「ええよ」と答えてくれたような気がした。


すみれは再び良子と共に君枝の家を訪ね、エイミーの赤ん坊のための洋服について相談をした。材料にするつもりのウエディングドレスを見せると、良子たちは驚いたが、すみれの意志は固かった。

「エイミーさんが娘に残したい思いは、このドレスを残してくれたお母様とおんなじ思いやと思う。この焼け残ったドレスで、私が、あの赤ちゃんの宝物を作れると思ったら……。遠く離れた外国で、何十年も先まで大事にされるのよ？」

「ドキドキするわ」

「ロマンティックー！」

君枝も良子も、女学校時代のような生き生きとした表情になっていた。

「これだけ……二人に協力してもらえたらって思ってるんやけど……いい？」

「……いいよ。いっぺんだけ……」

君枝が言うと、良子もうなずいた。

「……そうね、いっぺんだけ……」

「ありがとう」


その日、すみれがバラックに帰ると、また栄輔が訪ねてきていた。スープの缶詰を土産にやって来た栄輔は、さくらの遊び相手をしてくれていた。紙飛行機の作り方を教わったり、肩車をしてもらったりしてさくらは大喜びし、すっかり栄輔に懐いている。

一緒に食事もした後、栄輔が帰っていくと、さくらは遊び疲れて眠ってしまった。

「遊んでもらって、よっぽど楽しかったんやね……」

寝顔を見ながらすみれがつぶやくと、喜代が言った。

「私らでは肩車でけしまへんからね」

「そうね……紀夫さんがいたらな……」

数日後、すみれ、良子、君枝は、また君枝の家で集まった。君枝は、エイミーの赤ん坊のためにベビードレスのデザインを描き上げていた。それを見て、すみれも良子も歓声を上げた。

「まるでウエディングドレスの子供版ね。ほんまにすてき……」

デザイン画をうっとりと見つめてすみれが言った。

「ありがとう。ほんまのこと言うと、すみれちゃんに話聞いたとき、これだけは、やりたくてやりたくてしかたがなかったの。絶対にすてきなドレスが作れると思って！　良子ちゃんもよね？」

「うん。こんなすてきなデザイン見せられたら……やりたくてやりたくてしかたがないわ！」

良子は君枝のデザイン画を持ち帰り、その晩、夢中で型紙を起こした。

型紙が出来上がると、すみれがウエディングドレスの上に型紙を置いて、はさみを入れた。母の形見のドレスにはさみを入れるとき、すみれに迷いはなかった。幼い頃、優しく髪をなでてくれた母の姿が思い出され、見守られているような気がしていた。

裁断が終わると、三人は一緒に針を動かし続けた。まるで手芸倶楽部の頃に戻ったような時間が流れていた。

「……楽しいな」

すみれが言うと君枝がうなずき、良子も満面の笑みを浮かべた。

「楽しいわあ」

「……それよ。その笑顔よ、それが良子ちゃんよ」

すみれは、久しぶりに良子の屈託のない笑顔が見られてうれしかった。

「もし……戦争がなかったら……どうなってたんやろうね……」

すみれが言うと、良子が答えた。

「私は……すぐに結婚したくなくて、大学に行ってたんやないかな。あ、でも大学で知り合《お》うた人と大恋愛して駆け落ちしたりして。君ちゃんは？」

「私は……ほんまは美術の学校に行きたかったの。まあでも実際には家にいたやろうな。外に出て勉強するのは無理やったと思う。すみれちゃんは？」

すみれは、針を持つ自分の手元をじっと見つめた。

「こないなこと……ずーっとやりたかったのかもしれへんなあ……」

三人は夢中でドレス作りを続けた。身頃を縫い上げて袖を付け、背中にボタンを付けると、純白のベビードレスが仕上がった。すみれが広げてみせると、良子も君枝も、感慨深げに見つめた。

「天使のドレスやわ……」

すみれの口から、自然とそんな言葉が出た。


出来上がったベビードレスは、三人そろってマクレガー家に届けに行くことにした。出来栄えに満足はしていたが、いざエイミーに見せるとなると、すみれたちは緊張した。

エイミーは、ドレスの入った包みを開けると息をのんだ。

「What a beautiful dress! Is this for my baby?（なんてすてきなドレスなの！　これを私の赤ちゃんのために？）」

このベビードレスが、すみれの母の形見のウエディングドレスから作られていると聞くと、エイミーはすみれの手を握って礼を言った。

「I will tell her this story. Despite hard times, you made this dress for us... and we will treasure it forever. We thank you from the bottom of our hearts.（娘に伝えます。こんな時代に、あなたが作ってくれたこと……大切にします。本当にありがとう）」

気持ちのこもった言葉に、すみれたちも胸が熱くなった。


マクレガー家からの帰り道、すみれは良子と君枝をあさや靴店に誘った。麻田に、懐かしいシナモンティーを淹れてもらってひと息ついていると、すみれはジョンから渡された謝礼のことを思い出した。帰り際、ドレスの値段を聞かれたのだが、すみれはジョンに任せると答えていた。渡された封筒を開けてみると、驚くほど大きな金額が入っていた。すみれは、改めて良子と君枝に礼を言って、謝礼を分け合った。

また一緒に仕事をしたい、という言葉をすみれはなんとかのみ込んだ。だが、ドレス作りを通じて感じたことは、どうしても二人に伝えておきたかった。

「良子ちゃんと君ちゃんと一緒やったら、なんでもできる」

すると、良子が首を横に振った。

「私はいなくてもいいでしょう。君ちゃんのデザインがあったら、誰かて型紙くらい起こせるわ」

これには、君枝が黙っていなかった。

「何言ってるの。私なんて好き勝手描いてるだけ。それをあんな正確に型紙に起こせるなんて、すごい才能よ」

すみれも、君枝の言うとおりだと思った。

「それに、良子ちゃんはいるだけで場を明るくするからね。それも才能よ。良子ちゃんの笑顔はいちばんよ」

「……そんなことないよ」

と、良子はうつむいた。

「……本当に、楽しかったね」

すみれがしみじみと言うと、君枝も同意した。良子も、これには反論しなかった。


その日の夕方、すみれは病院の裏口で、明美の仕事が終わるのを待った。出てきた明美は、すみれを見ていぶかしげな顔をした。

「あれから、マクレガーさんのところに、赤ちゃんのドレスを作って届けたんです。それはもう、ものすごく喜んでくれました」

「そらよかったな」

そっけなく言って立ち去ろうとする明美に、すみれは四つ葉のクローバーの刺繍をした写真ケースを手渡した。

「これ、お礼です。昔……私をあさやさんに連れてってくれたでしょう？」

九歳の頃、神戸の街で潔とはぐれたすみれは、偶然通りかかった明美に頼んで、あさや靴店に案内してもらった。

「私、あのとき、あさやさんで教えてもらったんです。使う人のことを考えて作ることが、どれだけすてきなことか……使う人が笑顔になってくれることが、どれだけうれしいことか……。大人になった今……明美さんのおかげで、あのときとおんなじ思いを味わえた……。ありがとう」

その後、明美はすみれと別れて家に帰る途中、ベンチに腰掛けて、もらった写真ケースを眺めた。ふと思い立って、明美はかばんから手帳を取り出した。そして、いつも手帳に挟んでいる母の写真をケースに入れてみた。クローバーの刺繡入りのケースは、明美の宝物を入れるのに、ぴったりのように思えた。


翌日、すみれはあさや靴店に出勤し、おしめを縫っていた。

「すみれさん、お客さんですよ」

麻田の後から入ってきたのは、君枝と、龍一を抱いた良子だった。君枝は、意を決した様子で語りだした。

「すみれちゃん……私、一緒にやりたい。この先どうなるか分からない時代になってしまった。けど、そもそも体が弱い私は、昔から、この先どうなるか分からないって言われ続けてきたのよ。そんな不安から抜け出そうと思ったら、自分が変わるしかないんやないかなって」

そのとき、君枝を追ってきた義母の琴子が、店に入ってきた。

「君枝さん！　そういうことは、やめてって言うたやないですか。そんな体でいけません」

「……私は、日本が勝つと信じていました。お国のために戦う兵隊さんだって、辛抱してるんだ、頑張ってくれてるんだと思ったから、私も我慢して、頑張ることができたんです。でもなんの意味もなかった……まるで抜け殻です。今はどん底です。どん底やけど、すみれちゃんに会って、自分を変えるええ機会やと思った。自分のためだけやない……息子の、健太郎のためにも頑張ってみたい。弱いだけやなくて、頑張る母親を見てほしい……知ってほしい。そう、思ってるんです」

「……私で止められないなら、息子が帰ってくるのを待つしかありません。それまでということにしてください」

「……ありがとうございます」

琴子が去っていくと、麻田は、店の前の人影に気付いた。

「明美ちゃん！　全く気配感じへんかったわ」

入ってきた明美は、すみれに尋ねた。

「で、お嬢さん三人でドレスでも作って売るつもり？」

「……困ってるお母さんと子供のための物がいいと思ってるの」

「思いだけでうまくいく世の中やないよ。ほんでも……思いがあらへんかったら……それはそれでうまくいかへんのやろな……。手伝うわ」

「ほんま!?」

すみれは喜び、君枝は黙ったきりの良子に尋ねた。

「良子ちゃんは？」

「……しゃあないなあ」

こうして、すみれ、良子、君枝は、あさや靴店の一角でベビーショップを開くこととなり、明美も看護師の仕事を続けながら手伝うことになった。

潔はその話を聞くと、栄輔と一緒に、あさや靴店にたくさんの生地を届けてくれた。

「あちこちの工場回りながら、生地を仕入れてきたから、分けたるわ。今回はご祝儀や」

おかげですみれたちはメリヤス、綿、ガーゼなど、いろいろな生地を無料で手に入れることができた。

「焼け残った工場で元気にしとったおっちゃんたちは、みんな口々に『五十八さんはどうしてる』『五十八さんに会いたい』言うんや。お義父さんはすごいな」

良子と君枝が潔との再会を喜んでいると、明美も店にやって来た。

「明美やないか！」

潔は、子供の頃から顔なじみだった明美の無事を知って喜んだ。

栄輔は、この日もすみれの役に立ちたくてしかたがないという様子だった。

「なんかあったらいつでも言うてな！　アニキおらんときでも遠慮せんと」

「ほな帰るで。またな」

潔と一緒に帰っていくときも、栄輔はすみれの方ばかり見ていた。

それに気付いた明美が言った。

「ホの字やな」

まさかとすみれは驚いたが、良子もそんな気がしていた。

その後、すみれたちは明美のアドバイスに従って、メリヤスの生地で前開きの赤ん坊の肌着を作ることにした。すみれが縫った試作品は、一度洗濯をしただけでひどく伸びてしまったが、試行錯誤の結果、布の向きを考えて作ればあまり伸びないということや、いちばん縮むのは一度目の洗濯のときなので、作る前に生地を洗えばいいということが分かった。

また、すみれがさくらに肌着を着せようとした際、うっかり裏返しに着せたことから、よいアイデアが浮かんだ。

「最初から裏返しにして作ったらどうかなと思って」

そうすれば、縫い目が肌に触れないので、赤ん坊の敏感な肌を刺激しないで済む。

肌着のほかに、おしめやよだれかけ、ベビー服なども作って、すみれたちは開店に備えた。開店日は三月三日と決まり、君枝は「ベビーショップあさや」と書かれたポスターのデザインを描き始めた。

「ポスターにマーク入れたいと思うんやけど、どんなのがいい？」

すみれは、四つ葉のクローバーはどうかと提案した。

「クローバーの四つの葉には、それぞれ意味があるんです。『勇気』……『愛情』……『信頼』……『希望』……みんなそろうと幸せになれる。四人でずっと、忘れないでやっていけたらって思うんやけど……」

「四人……」

と、明美はつぶやいた。

「明美さんも大事な一員やからね」

良子も君枝もすぐに賛成してくれたので、すみれは明美の返事を待った。

「……ええんちゃうの」

ぶっきらぼうな返事だったが、四人の意見がまとまって、すみれはうれしかった。

開店の前日、君枝が描き上げたポスターを店頭に貼ると、すみれは空のショーウインドーが気になりだし、良子と君枝に相談をした。

「ここになんか飾れないかなと思って。ベビーの物売ってるよって分かりやすいように……。ねえ！　子供服作って飾ったらどう？」

春だから入学式をテーマにした子供服を作ろうということになり、三人でデザインを考えることにした。身頃は紺色で、スカートはチェック柄。襟は白で、ポケットの縁取りはポイントになる赤といった具合に、どんどんアイデアが湧いてきて、三人は大いに盛り上がった。

開店準備の間、三人の子供たちの世話は、喜代が一手に引き受けてくれていた。喜代はすみれのバラックで、駆け回るさくら、龍一、健太郎を相手に一人で奮闘していた。

看板代わりの子供服作りは夜までかかった。病院の仕事を終えてやって来た明美は、商品でもない服のために手間暇をかけているすみれたちにあきれつつ、アイデアを一つ披露した。

「ウエストのゴムには穴開けて、ボタン付けた方がええんちゃう？」

明美は実際に、平ゴムに穴とボタンを付けたものを見せて説明した。

「これで調整したらええんやないか思うて」

すみれたちは感心し、商品にも取り入れようと盛り上がった。ショーウインドー用のワンピースは、すみれが、襟にクローバーの刺繍をして完成した。

迎えた開店の日。すみれたち四人が緊張して待っていると、麻田がお客さん第一号を連れてきた。

「元気か、すみれ」

笑顔で入って来たのは、五十八と忠一郎だった。

## 第5章

# お父様の背中

すみれは近江にいる五十八に、ベビーショップあさやを始めることを手紙で知らせていた。忠一郎によると、五十八はその手紙を読み、いてもたってもいられず神戸に来たのだという。

さっそく五十八は、すみれたちが作った商品を手に取って、その出来栄えを調べた。

「ほう、きっちり縫製しとるやないか、生地もええもんや」

そのとき、五十八は、すみれのそばにいる明美に目を留めた。

「君……」

顔に見覚えはあるものの、五十八はすぐには誰だか思い出せず、忠一郎が先に気が付いた。

「あれ？　マツさんの娘さんですやろ？」

「そうか……元気そうでよかった！」

笑顔の五十八に、すみれが言った。

「明美さんも一緒に、このお店をやってるの。明美さんは看護婦さんだから、病院で働きながらになるけど、私たちには明美さんの知識が必要なのよ」

「そうか……。マツさんには大変お世話になった」

だが明美の五十八への態度はどこかぎこちなく、それに気付いた麻田が、明美に声をかけた。

「明美ちゃん、商店街のみんな呼びに行きましょ」

店を出ると、明美は麻田に本心を明かした。

「大事なお嬢様と、使用人の子供が一緒に働くなんて、どう思ったやろな、坂東の旦那様は」

「言葉どおりですよ。マツさんには大変お世話になった。その娘さんゆうことです。ええか、物事はまっすぐ見るんや。そやないと、これから起きること全てが曲がってしまう」

明美が素直にうなずけずにいると、時子たち主婦四人組が、子供を抱いてやって来た。

「あさやさん、来たよ来たよ！　みんなで来たよ！」

「いらっしゃいませ！」

すみれ、明美、良子、君枝は声をそろえて、時子たちを迎えた。

「わー……この肌着、手触りがええわあ！」

赤ん坊の肌に縫い目が当たらないよう肌着が裏返しに縫われていることに、時子たちは感心した。そのほかの商品も、目新しく実用的なうえにデザインもかわいく、皆、大喜びだった。

だが時子はざっと品物を見ると、言いにくそうにすみれに尋ねてきた。

「あの……いちばん安いもんってなんやろ」

「え？　……おしめかな？」

「一枚いくら？」

すみれ、良子、君枝は黙って顔を見合わせた。なんと三人は、まだ値段を決めていなかったのだ。

五十八は仰天し、すぐに忠一郎を店の前に立たせて、客が来たら出直してもらいたいと頭を下げさせた。そしてその間に、すみれたちにお説教をした。

「物を売るのに値段を考えてへんなんて……。材料はいくらで仕入れたんや」

「ただだったのよ。潔さんがご祝儀って」

「ほんじゃ、手間賃は」

自分たちで作ったのだから手間賃はかかっていないと三人は答え、五十八を唖然《あぜん》とさせた。

「自分らが作ったから手間賃ゼロでええのか？　ほんなら、どうやって儲《もう》けるんや？　この品物の値打ちはどこにあるんや。この商品に、どんな思いを乗せて売りたいんや？」

「なんか……なんかな。今までの古いやり方に縛られるんやなくて、新しくて便利な明美さんの育児の方法を、こういう商品に乗せて広めたいと思うてる。子供たちが、快適に過ごせるように、健やかに成長できるように……」

「ほう、ええやないか。そやったら、そないな思いを乗せて、値段を付けるんや。そのうえで、買う買わないは、お客さんに預けるんや」

そう言われても、すみれは自分たちの「思いの値段」を簡単には決められなかった。時子たちが改めて来店したので、すみれはまず、自分たちが作ったおしめの特長を話して聞かせた。

「水をよう吸うて、柔らかくて気持ちのええ生地を使ってます。横から漏れたりせんし、洗濯の量も半分になります。そういうおしめが、いくらだったらええと思いますか？」

主婦四人組の意見を時子がまとめ、四人とも、その値段でおしめを一枚ずつ買おうということになった。しかし、そのとき、時子のおなかがグーッと鳴った。食べる物にも困っているのに、時子は開店のご祝儀代わりにと、おしめを買おうとしてくれたのだ。

すみれは、その気持ちに応えておしめを贈りたいと思い、良子と君枝に尋ねた。

「あの、今日は……特別に……どうかな……」

二人はうなずき、明美もしぶしぶだが了承した。

「今日は特別に、私たちからプレゼントします」

時子たちは大喜びし、ベビーショップあさやを皆に宣伝すると約束した。

そんなやり取りを見ていた五十八は、店の表に出ると、忠一郎に言った。

「あいつらもしゃあないなぁ」

「……昔の旦那様を見るようだすなぁ。『商売はまずは信用なんや』言うて、儲けなんぞ考えんと商いしてはったやないだすか」

それから忠一郎は呼び込み係を買って出て、商店街を行き交う人々に声をかけた。

「ベビーショップあさやが開店しました！　それはそれは、ええもんがぎょうさんです。見るだけでもどないでっか？」

五十八は、そのそばで店内のすみれたちを見守った。

そこに、深刻な顔をしたゆりがやって来た。

「お父様……。潔さんが……警察に連れていかれた。逮捕されたの」

店内のすみれもゆりが来たことに気付き、五十八と共に事情を聞いた。聞けば、潔はいつものように闇市で商売をしていたところを、警官たちに連行されたのだという。

五十八はゆりと忠一郎と共にすぐに警察に行くと決めた。すみれもついていくと言ったが、大事な開店の日に店を離れてはいけないと、五十八に諭された。


そこに、新たな客が現れた。派手な身なりの若い女性で、アメリカ兵と腕を組んでいる。

「へえ、ベビーショップか……」

すみれは潔が心配でたまらなかったが、ゆりたちを見送って、その客を店に案内した。

彼女が足を踏み入れたとたん、店内に緊張が走った。良子はあからさまに動揺して店の奥に引っ込み、時子たちも逃げるように帰っていった。

女性客は肌着を手に取ると、君枝に尋ねた。

「これ、一回洗《あろ》たら縮んだりせえへん？」

「それは大丈夫です！　最初に洗って縮ませてますから」

「へえ……なんぼや？」

すみれは思い切って、適正だと思う値段を言ってみた。

「安っ！　こんなん闇市で買《こ》うたら、倍以上するで。いや、こんな考えられた品、闇市なんかに置いてへんな。この肌着も柔らか……これとこれとこれ、ちょうだい。これも」

支払いは連れのアメリカ兵が済ませた。すみれは、品物を畳みながら女性客に尋ねてみた。

「赤ちゃん、いらっしゃるんですか？」

「おるわけないやろ。なんでそないなこと聞くの？」

「私たちが作った肌着やお洋服……どんな赤ちゃんが使《つこ》うてくれるのかなと思うて……」

「……それはそれはかわいい子や。田舎におるうちの姉ちゃんの子なんやけどな」

「幸せですねえ、その子は。こんなに思ってくれる方がいて。ありがとうございました」

意外そうな顔で品物を受け取ると、その客は「おおきに」と去っていった。

すると、奥に隠れていた良子が顔を出した。

「はー、怖かったぁー……」

そのとたんに明美が食ってかかった。

「ちょっとあんた。お客様やで。お客様相手になんやのあの態度は。ほんま感じ悪いわ」

「でも、ああいう感じの人、苦手なんやもん」

「そんなん言い訳にならん。これやからお嬢さんは嫌なんや」

明美の容赦のない言葉に、良子はむくれて黙り込んだ。


そんなことはあったが、この日、すみれたちが用意していた品物は全て売り切れた。店を閉めると、すみれ、良子、君枝は、一緒にすみれのバラックへ向かった。今日も喜代が、さくらと龍一と健太郎を預かってくれていた。

「喜代さん、しばらくはお店でも作りながら売らな、間に合わないの。様子見て落ち着いたら、子供たちも連れて出るから、それまでお願いします」

すみれが頼むと、喜代は三人の子守りでくたくたになりながらも、快く引き受けてくれた。

その頃、ゆりと五十八は警察署の廊下で、潔が釈放されるのを待っていた。

「だから言ってたのに……こんな警察に捕まるようなことやめたらって……。物騒な闇市なんかに住んで……潔さんがいなくなったら、私……」

ゆりの不安を五十八が聞いていると、警官があざだらけの潔を連れてきた。

「潔さん……」

取り調べの間、警官に刃向かってばかりいたため、潔はひどい暴力を受けていた。

潔が釈放されたことは、その日のうちに栄輔がすみれにも知らせに行き、すみれはホッと胸をなで下ろした。


翌朝、ベビーショップあさやに出勤してきた君枝は、すみれと良子に、テーブルクロスの注文を受けてきたという話をした。注文主は、アメリカ兵のランディ大佐の妻・リサだという。

「ランディ大佐のお宅って、もともとは君ちゃんのおうちよね」

良子が言うとおり、終戦後、君枝の家族が暮らしていた家はアメリカ軍に接収された。そのため今は、君枝たちは同じ敷地内の使用人用だった建物におり、母屋にはランディ家が暮らしている。そのランディ家が次の週末に開くホームパーティー用に、大きなテーブルクロスを作ってほしいということだった。

君枝は今朝リサと顔を合わせたときに頼まれたのだが、英語で細かい話をすることはできなかった。

「明美さんに通訳してもらおうよ！」

すみれの提案に、君枝も賛成したが、良子は渋い顔をした。

「明美さんねえ……。私は、あの人好かんのよ」

明美から客への態度を改めるように言われたことに、良子はまだこだわっていた。

「好きとか好かんとかやなくて、言われたことちゃんと受け止めることも大切やない？」

君枝が言うと、良子はへそを曲げて店の奥に入ってしまった。

明美はその日、午後の早い時間に店に来る予定だったのだが、夕方になっても現れなかった。

「連絡もなしに。いいかげんな人なんやないの？」

良子の言い分に、すみれが反論した。

「いいかげんな人なわけないよ。自分で働いて生活して……。でも、ほんまにどうしたんやろう」

閉店時間になり、すみれたちが店を出ようとすると、軍服姿の男性が入ってきた。

それは、良子の夫の勝二だった。出征したまま連絡が途絶えていたが、無事に帰還したのだ。

「勝二さん……お帰りなさい……」

夫との再会に感激する良子を目の当たりにして、すみれはつぶやいた。

「よかったね……本当に……」

その言葉に嘘《うそ》はなかった。しかし同時にすみれの頭には、消息が途絶えたままの紀夫のことがよぎり、切なさをかみしめていた。

五十八はこの日、潔とゆりの案内で大阪の闇市を訪れていた。夕暮れの闇市を歩きながら、潔は五十八に尋ねた。

「大事な娘がこないなところにおるやなんてって……思うてますよね」

「いや、そないなことは思うてない」

家の近くまで行くと、潔は息をのんだ。バラックがめちゃくちゃに荒らされ、その前で栄輔が茫然と立ち尽くしていた。

「アニキ……すんません、ちょっと留守にしとる間に……」

「誰がこないなこと……」

少し離れた場所から、闇市を仕切る親分の根本《ねもと》が、子分を従えてこちらを見ていた。

「警察からのお帰りでっか？　大変やなあ、店もこないなひどいことになって」

挑発してきたのは、根本の子分の玉井《たまい》という男だ。潔は黙っていたが、栄輔が玉井に食ってかかった。

「お前らとちゃうんか！」

「ちゃうちゃう！　でもな、噂《うわさ》やけど……場銭払わん店は、片づけても片づけても、ちょっと留守するとこないなふうになっとるらしいで。あくまでも、噂やけどな」

どうやら警察に通報したのも、この男たちの仕業らしい。そう察した潔は、玉井に尋ねた。

「……なんぼや、場銭は」

「ほな、三百円頂きまひょか」

潔は黙ってポケットから金を出し、憤る栄輔を黙らせて、玉井に渡した。

「おおきに」

にやにやと金を受け取った玉井は、今度は、近くで野菜と魚を売っている男たちに声をかけた。

「見とったやろ、今の。お前らも三百円ずつやな。今すぐ払え」

「そないな金は……」

「そうか、そやったらこれもろうとこか」

玉井の弟分たちが、彼らの店の商品を運び始めた。すると、潔が玉井に近づいていった。

「忘れとったわ。その人らの品物、うちに置いてやることになっとったんや。そやのに、わしがおらんかったからしかたなくそこで広げてたんや。うちは場銭払《はろ》うてるし、文句なんか、ないよな？」

玉井が返事に困っているうちに、栄輔が魚や野菜を取り返した。根本はじっと成り行きを見ていたが、舌打ちをして去っていった。

「なんと礼を言えばええか……」

深々と頭を下げられ、潔は明るく答えた。

「ほんまにうちに置いたるわ。こんなええ野菜に魚、ええ値で売れるで」

翌朝、すみれと君枝が出勤すると、明美が店で待っていた。

「昨日は堪忍な。急な患者が来てもうて抜けられんかった。代わりに今日からしばらくゆっくりや」

そこに、良子も出勤してきた。

「あ、良子ちゃん来てくれたの！」

すみれがそんなことを言ったのは、勝二が、良子に家にいてほしいと言うのではないかと思っていたからだ。

「久しぶりなんやから、少し休んで家で一緒に過ごしたら？」

「大丈夫よ、テーブルクロスも作らないけないし」

明美は、ランディ家からホームパーティー用のテーブルクロスの注文があったことを知ると、あきれたように言った。

「豪勢なこっちゃ」

「今日、奥さんに細かいこと聞きに行きたいんやけど、通訳お願いできる？」

君枝が頼むと明美は了承し、良子が店番をして、すみれ、明美、君枝がランディ家に行くことになった。


ランディ家では、大佐と妻のリサがすみれたちを迎え、打ち合わせが行われた。

「Who's coming to the party?（ホームパーティーにはどんな方がいらっしゃるんですか？）」

明美が流暢な英語で尋ねると、リサが答えた。

「My friends from my country whom I want to give a hearty welcome. I'd like to decorate that table with a wonderful tablecloth.（母国の友人たちよ。温かく迎えたいの。そんなテーブルにすてきなクロスで花を添えたいわ）」

それを聞いて君枝は、パッチワークはどうかと提案した。

「ええねえ！　君ちゃん……なんか、なんかな……お友達の思いが一つに集まるような……そういうデザインを考えてよ」

まずは君枝がデザイン画を描き、リサに確認してもらうということで話がまとまった。

すみれたちがホッとして店に戻ると、まだ開店中にもかかわらず良子が帰ろうとしているところに出くわした。

「良子ちゃん？　どうしたの？」

「私、辞める。ごめんね、残念やけど……辞めるって決めたから」

「……やっぱり」

と、明美はつぶやいた。

「お客さんに怒られたりしたんちゃう？」

「違う！　そんなことではありません。実は……主人がうちにおってほしいって」

勝二は、出征前に勤めていた会社がなくなったので、これから職探しをするのだが、紹介してもらう当てがあるので早々に見つかるだろうと良子は言う。

「ええなあ、羨ましいわあ。奥様はのんきで」

明美の皮肉たっぷりの言葉に、良子は腹を立てた。

「何よ、悔しかったら自分も奥さんになればいいのと違う！」

「おあいにくやけど、私は仕事を持ってますから」

君枝も、明美に加勢した。

「そうよ、明美さんは看護婦さんよ。自立してる女性なんやから」

それを聞いて明美は一瞬複雑な顔をしたが、そのことに気付く者はいなかった。

すみれは、なんとか良子を引き止めたいと思った。

「良子ちゃん……ご主人と話してもらうことは難しい？　君ちゃんのデザイン、型紙起こせるのは良子ちゃんしかいないから、ちょっとだけでも、やれるときだけ手伝ってもらえないかなあ……」

「すみれちゃんも練習したらできるよ。今までありがとう……」

それ以上説得のしようがなく、すみれが困っていると、明美がまた皮肉っぽく言った。

「は～い、お疲れさんでした～。忘れもんないようにな。ほな、うちらは仕事や仕事や」

良子が帰ってからも、すみれは途方に暮れていた。

「どうしたらいいのやろう……。今回はテーブルクロスだから私でもできなくはないけど……服とかは、良子ちゃんやないと君ちゃんのデザインは生かせないの」

そこに、勝二がやって来た。

「こんにちは……あの、良子は……」

帰ったと明美が答えると、勝二は怪訝《けげん》な顔をした。

「そうですか……では」

去りかけた勝二を明美が呼び止めた。

「良子さんに仕事を辞めろと言うたんやないんですか？」

「え？　わしが？　どういうことですか？」

明美が事情を話そうとするのを、すみれが制した。

「なんでもありません」


その後、すみれと明美は、修理の御用聞きから帰った麻田に、この出来事を話した。

「良子さん、ウソついてまで辞めたかったんやろか……」

麻田が驚いていると、かたわらでデザイン画を描いていた君枝が口を開いた。

「私……実はね……良子ちゃんがいなくなって、本当はちょっとホッとしてるところがあるの。うれしいと思ったよ、良子ちゃんが幸せそうで。でも……もし毎日うれしそうに、旦那さんとのこと話されたら……。結局は嫉妬なんやけどね……。すみれちゃんには、ない？　そういう気持ち」

「……比べてもしかたないと思うてるから……良子ちゃんにはいてほしかったというのがいちばんかな」

「……そうやね。はあ、私は器の小さな人間やわ」

するとと麻田が首を横に振った。

「そんなことはないですよ。そういう自分を認めることができるのは、器が大きな証拠です。早《はよ》う帰ってくるとええですなあ、君枝さんのご主人も、紀夫さんも」

麻田の優しさに、すみれと君枝の気持ちが少しほぐれたとき、店に客が入ってきた。先日、アメリカ兵と一緒に来て、姉の子供のためにと買い物をしていった、麗子《れいこ》という女性だ。

「姉ちゃんが、ものすごい、喜んでくれたんや！　おしめにもびっくりしてたし、肌着にもこんなええもんないって！　子供もな、機嫌ようしとるって。私も鼻が高かったわ」

麗子は店内を見渡して、すみれに尋ねた。

「あの子は？　もう一人おったやろ。あの子辞めた？」

「なんで知ってるんですか」

「やっぱりなあ……実は、うちの友達連れてきたんやけど」

それは、すみれたちがランディ家に出かけていた間のことだった。麗子は、派手な服装をした同じようなタイプの友人二人と来店した。良子がおびえた様子を見せると、友人たちは機嫌を損ねた。一人は食べ物を持ったまま商品に触ったので、良子が注意をし、余計に彼女たちを怒らせてしまったという。

突然良子が辞めると言いだした理由が分かったので、すみれはその後、良子の家を訪ねてみた。

「ごめんください。良子ちゃん、すみれです」

しかし返事はなく、諦めたすみれは、その足で潔とゆりのバラックへ向かった。

すると、バラックの前に広げられた潔の店に、忠一郎がいた。

「忠さーん」

「すみれお嬢様！」

二人が話していると、バラックの中からゆりの声が聞こえてきた。

「やっぱり私には分からないわ」

中をのぞくと、ゆりと潔、五十八、栄輔が集まっていた。

「あの人たちはここの土地の持ち主でもないのよ。なんで場所代を払わないといけないのよ。相手に正しいことを主張すべきよ」

潔が根本に場所代を払ったのはおかしいとゆりは主張していた。話を聞いていた五十八は、ふと、すみれが来ているのに気付いた。

「すみれ。どないしたんや」

「あ……布の端切《はぎ》れがあったら分けてほしいなと思って来たんやけど」

「端切れやったらぎょうさんありますよ！」

栄輔が張り切って答え、すぐにすみれのために用意をし始めた。

五十八は、ゆりの方に向き直って話を続けた。

「そんだけ言うんなら分かった……。ほんなら、お前が表に出て話してこい。文句だけ言うて何もせえへんゆうのは、卑怯やないか」

潔が驚き、割って入った。

「お義父さん、それは無理です……ゆりを表になんて出すべきやない思います」

しかしゆりは潔を遮って答えた。

「分かりました」

「ゆり！　正しいことが通じる相手やないことぐらい、分かるやろ？　お前には無理や」

「無理やと決めつけるのはやめて」

すると五十八が、潔に向かって言った。

「この件は、わしに預けてくれないか。すみれ、お前も来い」

「え!?」

皆で表に出ると、玉井が弟分たちとたむろしてたばこを吸っており、そこに根本もやって来た。

ゆりは、勇気を振り絞って根本の前に歩み出た。

「私は、野上ゆりといいます。あの、私不思議でたまらないんですけど、どうして闇市の場所代を、あなたが取るんですか？　地主でも大家さんでもありませんよね？」

「おいこら、この辺は昔から根本さんが仕切ってんのや。このアマが調子に乗りおって！」

玉井がゆりを恫喝《どうかつ》すると、根本が軽い調子で言った。

「おい、玉井、やめとけ。見てみぃ、ねえちゃん震えとるやないか」

玉井たちは一斉にゆりをあざ笑い、五十八は、根本をにらんで立ち尽くしているゆりにささやいた。

「ゆり、もうええやろ」

そして五十八は、根本たちに向かって言った。

「今日のところはこれで失礼させてもらいます」

皆でバラックの前まで戻ると、五十八はゆりに言い聞かせた。

「世の中には、理屈で通らんこともあるんや。商売をやっとったら、そんなことの連続や。そういうことどないして対峙《たいじ》するか、どないして解決するか、打開策を見つけられるかどうかで、その先違ってくるもんなんやで」

ゆりは返事をせずにバラックの中に入っていき、潔が後を追った。

五十八はゆりを諭そうと厳しく接したものの、その後、闇市の一角で忠一郎と二人きりになると、本音を漏らした。

「やり過ぎてしもうたかな……。世の中を知ることが大事や思うたんやけど……間違ってしもうたやろか」

「間違いやったかそうやなかったか、分かるのはまだまだ先のことですわ。旦那様は、背中で見せたったらよろしい思います。それにしても、あないな環境で育ってきたゆりお嬢さんが、こないなところで……不憫《ふびん》で泣けてきます。そもそも、闇市に女なんてほとんどおらへんやないですか……」

「……そうか……」

その言葉に反応して、五十八は改めて辺りを見た。確かに、女性の姿はほとんどなかった。

五十八たちがバラックに戻ると、すみれが潔と栄輔から端切れを受け取っていた。

「ありがとう。お代はちゃんと支払います。お店の品物、ちょっとは売れてるのよ。一度買った人が、もういっぺん来てくれたの」

うれしそうにすみれが話しているところに、奥からゆりが出てきた。五十八は改まった口調で言った。

「ゆり……潔くんに今後について話そ思うとったんや。ええ機会や。ゆりもすみれもあっちに座れ」

五十八と潔はちゃぶ台を挟んで向かい合い、皆も周りに座った。

潔は、ちゃぶ台の上にある、自分の店の商品を見ながら口火を切った。

「お義父さんの話は見当がつきます。うちの商品を気にくわんのも当然やと思います」

この日の日中、五十八は潔の店を見て、愕然《がくぜん》としていた。扱っているのが、一度ゴムを引っ張っただけで伸びてしまう靴下など、粗悪品ばかりだったからだ。坂東営業部の再建を目指すために、今はどんな物でも薄利多売で売って、現金を手にしなくてはならないというのが潔の考えだった。

「お義父さんやったらどないしますか？　この状況の中、お義父さんならどないするんですか？」

「……わしなら、保証を付ける。『これはええもんです』って、ほんまに自分で言えるもんしか売らん。そして、信用を得る。『あそこには、ええもんしか置いてへん。あそこの保証があるんやったら間違いない』思うてもらえるようにな。お客さんかて、『ちょっと割高でも、安かろう悪かろうより、はるかにええ』と、気付くはずや。いや、もう気付いてると思うで。そやけど、『ちょっと割高でもええもん』がない、ゆうのが現状や」

「そうですね……」

「だからこそ、それを作るんや。焼け残った綿花は、安う売ってもらえるはずや。それを紡績工場に持ち込んで糸にする。糸になったら、織物工場に持ち込んで布にする。あとは縫製工場でしっかりとした品物を作る。なんなら、わしが一緒に回ってもええ。誰も断らんはずや。これまで、野上と二人、それだけの仕事はしてきた」

「……それは理想やけど、どんだけの利益が出るか……」

「長い目で、商売というものを見るんや。利益よりも何よりも、『よい物を提供する』。これが、一番に来んと、成り立たんのや。そういう商売を確立するまでをなんというか知っとるか？　下積み、いうんや」

その言葉に、潔はハッとした。五十八は、潔を見つめてこう続けた。

『焦るな』。それが商売の……いや、人生の基本や」

「……はい」

すみれとゆりも、父の言葉をしっかりと受け止めていた。


翌日、すみれ、明美、君枝は、テーブルクロスのデザイン画と端切れのサンプルを見せにランディ家に行った。リサもランディ大佐もそれを見て大いに満足し、デザインを考えた君枝も大喜びでランディ家を後にした。

表に出て敷地内を歩いていると、突然君枝が足を止めた。何ごとかと、すみれがその視線の先を見ると、アメリカ兵と一緒に軍服姿の男性が入ってくるのが見えた。君枝は、そちらに向かって駆け出した。気付いた男性も、君枝の方に走ってくる。

「君枝！　走らんでええ。具合悪うなったらどないするんや」

二人はしっかりと抱き合った。軍服の男性は、君枝の夫の昭一だった。昭一の母の琴子も家から出てきて、息子との再会を涙ながらに喜んだ。君枝はそのまま、昭一と琴子と一緒に自宅へ帰っていった。

次の朝、すみれはいつもより早く出勤した。少しでも早くテーブルクロス作りを進めなければ間に合わないと思ったからだ。

店に着いて、まだ誰の姿もないと思いきや、奥から明美が出てきた。

「今日は早《はよ》う目が覚めてしもうて。もう一度寝るのもなんやし……」

「そう。病院は？　昨日も行ってないでしょう？　今日は何時から何時までやの？」

「休みや。これまでずーっと休みナシできたやろ。そやから休め言われてるんや」

「そう……」

この日の午後も、すみれは、ゆりたちのバラックを訪れた。潔と栄輔が、前日の分とは別に、さらに端切れを用意しておいてくれることになっていた。

バラックには五十八とゆり、潔、忠一郎がおり、五十八はすみれの顔を見て言った。

「お。ちょうどよかったわ。みんな出かけるぞ。負けっ放しは、わしの性分に合わんのや」

五十八を先頭に皆で闇市を歩いていると、すぐに根本と玉井とすれ違った。

「ちょっとええやろか」

五十八は根本を呼び止めて、話を始めた。

「そちらさんのやってらっしゃることは、日本の未来のためにならんちゅうことは分かってはりますよね？」

「人が集まるところは、誰かが仕切らんと、秩序っちゅうもんが守られんのじゃ」

五十八も根本もお互いをにらみつけ、一歩も引かないという態度だ。

「仕切り方が違うんやないですやろか。結局は場銭やいうても、自分らが潤うための金を、弱いもんから吸い上げてるだけや。それが日本の未来のためにならんと言うてますのや」

「未来て、なんや？　なんもないやないか。あんたかて、会社取られたゆう話やないか。それでよう未来やなんて語れるなあ」

「……それでも、何かを信じて生きなあかんのや……」

「教えてくれ。何かて、なんや？」

「それは……自分で作るんです。人から奪うんは違う。人として、自分の一本の筋を通し、他人同士が手を携えて信じられるもんを作るんや。この闇市かて、未来には違ったもんになってるかもしれんやないか。あんたが、堂々と日の当たる商店街にすればええんや」

経営者として、そして貴族院議員として活躍していた頃と変わらぬ熱のこもった言葉に、いつの間にか闇市の人々も耳を傾けている。最後に五十八は、根本に向かって言った。

「あんたがリーダーや」

翌日もすみれは早めに出勤し、明美と二人でパッチワークに取り組んでいると、君枝が健太郎をおぶってやって来た。前日は店に来なかった君枝の顔を見て、すみれはホッとした。

「君ちゃん！　テーブルクロス、作り始めたのよ。端切れもお願いしてる」

だが君枝は、暗い顔で口を開いた。

「……昭一さんに、このお店のこと言ってないの。これからも言わないでおこうと思ってる……」

「辞めるの？」

と、明美が問いかけた。

「……そうね、そうなる……。ごめんなさい……本当に……ごめんなさい」

第6章　夫婦の絆

良子に続いて君枝からも、ベビーショップあさやの仕事を辞めると言われてしまったすみれは、なんとかランディ家のホームパーティーまでにテーブルクロスを仕上げようと、パッチワーク用の端切れを持ち帰って家でも作業をすることにした。

すみれは徹夜でクロスを縫い続け、翌日の早朝には持ち帰った端切れを使い切ってしまった。そこで、店で続きを縫おうと思い、いつもより早く出勤したところ、奥から明美が出てきた。

「明美さん！　どうしたの？」

驚くすみれを見て、明美の方も戸惑っていた。

「なんでこんなに早いの……」

「クロス……お店で作ろ思うて」

「私もや」

その返事に、すみれは違和感を覚えたが、問い詰めることはせず、明美と一緒にクロス作りに取りかかった。

「ねえ、これほんまに週末までに完成するの？」

「普通やったらしないと思う。でも、受けた以上はやらんと……信用に関わるから」

「あの二人に聞かせてやりたいわ。ほんまに勝手や」

明美は君枝たちを非難したが、すみれは、二人の気持ちが分かる気がしていた。

「やっとご主人が帰ってきて、ずっと夢にまで見た家族との生活と……家族の幸せを……なくしたくないのよ」

「……家族の幸せねえ。自分が生きてくのに精いっぱいや、私は……よう分からんわ」

この日、すみれは夜が更けても店で作業を続けた。朝からそのつもりで出かけてきたので、さくらの世話は喜代に頼んであった。

「明美さん、帰って大丈夫よ」

だが、明美は帰ろうとせず、「眠い、眠い」と言いながら、すみれと一緒に縫い続けた。明け方には明美は作業台に突っ伏して眠っていたが、すみれの方は休むことなく針を動かし続けた。


目覚めて作業を再開した明美は、進み具合を見て不安を口にした。

「どないしよ……間に合わへんかったら……」

「まだ時間はあるから……」

そこに、君枝と良子が現れた。二人とも子供を連れており、気まずそうな顔をしている。

「クロスの方はどうかな思て……ごめんね……大変よね……。明美さん、お仕事があるのに、押しつけるような形になってしまって、ごめんなさい……」

君枝に謝られると、明美は不機嫌な顔で問いただした。

「……ほんで？　何？　一緒に作りに来たんか？」

するとと良子がためらいがちに返事をした。

「……少し持ち帰って……できるかもしれない……でも、どれくらいできるかは……」

「私も……少しやったら……できるかもしれないけど……」

君枝の方も歯切れが悪く、明美は、そんな二人に対して怒りをあらわにした。

「できるかもって……ほんまに勝手やなー……自分のために中途半端なことすんのやめてや。悪い思う気持ちを、軽うしたいだけやないか」

明美はさらに、良子を責めたてた。

「あんた、旦那が辞めろ言うたのウソやったんやろ？　お客さんに怒られて嫌になっただけやろ」

「……人の気持ちも分からんと、勝手に決めつけないでください……」

「気持ちて……仕事ゆうもんが分かってへんわ」

「自分かて中途半端やないんですか？　ここの仕事は、看護婦さんの仕事の片手間やないですか」

良子が言い募ると、明美は意外な告白をした。

「……看護婦の仕事は辞めたわ。辞めさせられた」

驚くすみれたちに、明美は胸の内を語った。

「なんでや思うけど……泣いてるだけやと暮らしていかれへん。今は、目の前にあるこの仕事を頑張らな思うてる。あんたらも決めてや。やるなら責任持ってやる。やらんならやらへんでええし」

決断を迫られ、君枝も良子も考え込んだ。先に口を開いたのは君枝だった。

「……ごめん、責任持ってすることはできない」

「私も……」

良子もそう言うと、明美が決定的な言葉を口にした。

「……そやったら、帰ってよ」

頭を下げて帰っていく君枝たちを、すみれは見送ることしかできなかった。


翌日になっても、すみれの頭からは君枝と良子のことが離れなかった。明美と二人でクロスを縫い続けていても、つい二人のことを考えてしまう。ふさいでいるすみれを見て、明美が尋ねた。

「まだ一緒にやりたい、思うてるの？　あの人らと」

「そうね、やりたい気持ちはあるけど……でも、良子ちゃんも君ちゃんも、本当に幸せやったら……それがいちばんやから……」

「ふうん……」

「……明美さん、看護婦さん辞めてたんやね」

「……もともと、病院で働いとった医者や看護婦が、外地から戻ってきたんや。そやから辞めてほしいて。そんだけのことや」

寮を追い出された明美は、今はあさや靴店の二階で暮らしているのだという。

「せやからあんたがここで徹夜するいうときに、帰るに帰れんかったんや」

「言うてくれたらよかったやない」

すみれは思わず吹き出したが、明美は真顔で答えた。

「……簡単に言えることやない」


すみれが寝る間も惜しんで縫い続けたかいがあって、テーブルクロスはなんとか期限までに完成した。明美と一緒にランディ家に届けに行くと、リサは大きなテーブルにクロスを掛けて大喜びした。

「Wow! How beautiful!（すてき！　すばらしいわ！）」

その後、リサに見送られてすみれたちが玄関を出ると、同じ敷地内で暮らしている君枝がやって来た。リサは、君枝が仕事を辞めたことを知らないので、ハグをして感謝を伝えた。

「I'm so glad I asked you to do this. It's going to be a great party.（あなたに頼んで本当によかったわ！　最高のホームパーティーになるわ！）」

それを、君枝の夫の昭一が偶然見てしまった。

「君枝……どういうことや？　説明してくれ」

誰よりも君枝の体調を心配している昭一は、自分の帰還前に君枝が働いていたことを知ると、厳しい調子で苦言を呈した。


翌朝、すみれと明美が、麻田にランディ家での一件を話していると、健太郎を連れて君枝がやって来た。

「……おはよう。昭一さんに、話をしたの。これまでのことも……。ここで働いてもええって」

君枝は持ってきた風呂敷包みから、赤ん坊の肌着やよだれかけを取り出した。

「ずっとテーブルクロスに取りかかってて、こっちを作る暇なかったでしょう？　私は時間があったから……」

「ありがとう、君ちゃん！」

早速すみれたちは、ショーケースに商品を並べた。麻田はそんなすみれたちを笑顔で見つめた。

「ご主人、よう許してくれましたなあ」

「君ちゃんは恋愛結婚なんです。すごいでしょう？」

「恋愛結婚……どこで知り合《お》うたんですか？」

「病院です。私、ずっと体が弱くて、子供の頃は長く入院してたの。その病院に、昭一さんも入院してきて……と言っても、木から落ちて怪我でね。退院してからも、よう遊びに来てくれて……。優しくて、楽しくて……いつの間にか好きになってたの。昭一さんのお母さんにも親戚にも、さんざん反対されたけど、全部昭一さんが説得してくれて、守ってくれたの。昭一さんのおかげで、信じられないほど、幸せよ」

聞き入っていた明美が、ぽつりとつぶやいた。

「……羨ましいわ」

この日、すみれは仕事を終えると、君枝と一緒に店を出た。聞けば昭一は、出征前に勤めていた銀行に復職できたのだという。親友が、帰還した夫と穏やかな生活を取り戻そうとしているのを目の当たりにして、すみれはどうしても紀夫を思い出さずにいられなかった。

君枝と別れて帰宅すると、すみれのバラックの前に、見知らぬ青年が立っていた。

「坂東紀夫さんのお宅でしょうか。奥様ですか？」

青年はすみれにそう尋ねた。

「私は部隊は違いますが同じ戦場におりました中山照之《なかやまてるゆき》と申します。これを、お返しにやってまいりました」

包みを差し出されて開けてみると、中身は裁縫道具だった。戦地でボタンが取れたり服が破れたりしたときのためにと、出征前にすみれが紀夫に渡したものだった。

「あの、紀夫さんは、どこにいるんですか？」

「……すみません。分かりません……。戦地で、移動の間の、ほんの数日だけ一緒だったんです。私の軍服のボタンが取れてしまって、困っていたところ、これを貸してくださって……。次の日に返そうと思ったら、出発だと突然追い立てられてしまい……返し損ねてしまったんです。神戸のこの辺りに住んでいたとおっしゃっていたので……」

「……それでわざわざ……。本当に、ありがとうございました」

帰っていく中山を見送ると、すみれは裁縫道具を抱き締めて涙に暮れた。

翌朝、すみれが出勤すると、開店時間前にもかかわらず麗子が来ており、明美が接客をしていた。

「友達に赤ちゃんが生まれてな、いろいろ持ってってやりたい思うて！　開店前から、ドンドンして開けてもろうたんや」

麗子はこの日もあれこれと買い求めてくれたので、ショーケースの中が寂しくなった。その分を補充するべく、すみれたちは、肌着やおしめ作りに取りかかった。

仕事を再開したばかりで張り切っている君枝は、帰宅後も縫い物を続けた。根を詰め過ぎたのがいけなかったのだろう。次の日、君枝は店でめまいを起こして倒れてしまった。明美が応急処置をして、君枝はすぐに病院に運ばれ、そのまま入院することになった。


翌日、すみれと明美が見舞いに行くと、君枝が切り出した。

「戦争が終わって、日本が負けて、私は本当に抜け殻になってしまった。けどね、すみれちゃんに、希望をもらったのよ。一緒にやろうて言ってくれて、とってもとっても感謝してるの。だから、応えたかった……役に立ちたくて……でも、頑張り過ぎて……。昨日、昭一さんと話したの。仕事は辞めてほしいって、言われた。ごめんね……もう、戻れない」

「君ちゃんがそう決めたなら……それがええと思う。私は、君ちゃんが幸せになってくれれば、それがいちばんよ。頑張って、早《はよ》う元気になって、大切な人たちを守ってね」

こうしてベビーショップあさやは、またすみれと明美の二人だけで切り盛りすることになった。

次の日、すみれたちがショーケースに商品を並べていると、麻田が話しかけてきた。

「ちょっと……気付いたことがあるんですけど……。売上帳を見せてもらえますか」

「売上帳……」

それがどんなものなのかさえ、すみれは分かっていなかった。

「何が、どれだけ、いつ売れたか。お得意さんが買《こ》うてくれたなら、その方のお名前。これからは、付けた方がよろしいですな」

「はい、そうします」

「開店したての頃は、ご祝儀の売り上げもあるから別として、その後もショーケースが空になるほど売れてるっちゅう話でしたが……、買《こ》うてくれたのは、麗子さんとその友達だけやないかと思うて。たくさん買うてくれるお客さんがいることは、ええことですけど、お客さんが少ないゆうことは、問題や思いますよ」

確かにもっと店の存在を広めなくては、この先、長続きはしないだろう。仕事を終えて家に帰ってからも、どうしたものかとすみれが悩んでいると、喜代が、強い味方の存在を思い出させてくれた。

「お商売のことは、旦那様にご相談されたらよろしいんじゃないでしょうか」

すみれは、ゆりと潔のバラックを訪ねた。潔と栄輔は、商談のために近江の工場へ出かける準備をしているところだった。五十八は喜んですみれを迎え、ゆりと忠一郎も一緒に、すみれの相談を聞いた。

「今の時代やから、現金で買えない人がたくさんいるのも分かるけど、よい品物を作って売ってるっていう自信はあるの」

「それがいちばん大切なことや。あとは、自分たちで『自分たちならではの何か』ゆうのを見つけられるかどうかや。売り文句や。最低でも三つは言えんと」

「母親の気持ちが分かる。赤ちゃんのために、作り方にもこだわって、いい生地を使《つこ》うてる」

すみれは二つまでは即答できたが、三つ目が出てこなかった。

「宿題や」

と、五十八は話を締めくくった。


次の日、すみれと明美は再び君枝の見舞いに出かけた。病院で静養しているというのに、君枝は顔色が悪く、見るからにつらそうだった。

付き添いの昭一と琴子に見送られて病室を出ると、明美はこれまで看護の仕事をしてきた経験を基に、思いを語った。

「人を元気にするのは、希望です。なんとか現状維持しよ思うんやなくて、元気になれば、その先にこんなことが待ってるって、未来を夢見ること。それがいちばん、人を元気にさせるんです」

医者は立場上、君枝を働かせるなと言うに決まっている。だが、病室に閉じ込めてかえって悪くなっても、責任など取ってくれないと明美は言った。

「君枝さんは、子供の頃、ご主人がお見舞いに来てくれることを心待ちにしとったって……そんなご主人なら、未来や夢を見ることが、いちばん大事なことやと、分かるんやないですか？」

「そんでも、簡単に『はい』とは言えません……」

昭一の返事を聞いて、すみれも、自分の気持ちを伝えておきたいと思った。

「それは分かります……みんな……君ちゃんが大切やから……」

病院からの帰り道、すみれは明美に礼を言った。

「……ありがとう。看護婦の明美さんやないと、言えないことやった。あんなふうに言うてくれるなんて、思わなかった。……やっぱりええねえ、友達って」

明美は友達と言われたのが照れくさく、それをすみれに悟られたくなくて、仏頂面で返事もしなかった。

商店街に戻ったすみれたちは、時子たち主婦四人組が井戸端会議をしているのに出くわした。

「うちの子、夜全然寝てくれなくなってしもうて……」

困り顔の時子を放っておけず、明美は詳しく話を聞いた。時子によれば三、四日前から赤ん坊の夜泣きが始まったのだという。おなかをすかせているわけでもなく、すみれにもらったおしめをしているから前より気持ちがいいはずなのにと、時子は首をかしげた。

「ほな、暑いんやないかな」

「え？　でも……まだ夏やないし……」

すみれは、明美の言い分に納得していない時子を店に招き、ショーケースの中の肌着を手渡した。

「ああ、それは通気性もええし、着せたら泣かんようになる思うで」

明美もそう言ったが、時子は値段を考えて躊躇《ちゅうちょ》していた。

「持ってって。ご近所のよしみよ」

すみれが言うと、時子は遠慮しながら受け取った。

「ありがとう……」

数日後、店に意外な来客があった。昭一に付き添われて君枝がやって来たのだ。

「昭一さんがね、私が元気になれる場所に連れてってくれるって……そしたらここやったわ」

君枝は、病室にいたときとは別人のように明るかった。その笑顔を見て、昭一が言った。

「やっぱり……君枝にはここが必要な場所なんやな。楽しく……生きるために。そやけど……また倒れてしまったり、無理をしてしまったりしたらと思うと……」

すると明美が、看護師の顔で君枝に言った。

「戻るいうてもな、前みたいなわけにはいかへんで。ちゃんと時間を決めな。一日……そうやなあ……長くても、四時間かなあ？　それも毎日はあかん」

そして明美は、昭一の方へ向き直った。

「うちがちゃんと見てます」

「私も……」

と、すみれも言うと、昭一は二人に頭を下げた。

「よろしくお願いします」

昭一は優しく君枝の肩を抱き、君枝は夫の手を握って涙をこぼした。

君枝は早速、次の日から出勤し始めた。靴の修理をする麻田のそばで、すみれたちが商品作りをしていると、赤ん坊をおぶった時子が駆け込んできた。

「泣かへんかった！　あの肌着着せたら、うちの子、いっぺんも泣かへんかったの！」

「やっぱりな、暑かったんや。子供は大人よりずいぶんと体温高いんやで」

「ほんまやなあ、ありがとう！　このお礼は、いつか必ずするわ……待っとってな」

時子が笑顔で帰っていくと、麻田がつぶやいた。

「まるでベビー相談室ですね……」

その一言が、すみれの〝宿題〟の答えとなった。


すみれは五十八に会いに、ゆりと潔のバラックを訪ねた。潔と栄輔は近江であちこちの工場を回っていて、バラックにいたのは、五十八とゆり、忠一郎の三人だった。

すみれは、やっと見つけた三つ目の売り文句を五十八に伝えた。

「それは、私たちにしか作れない場所があるということです。明美さんの知識を使って、『ベビー相談室』を開こうかって。子育てしてて、一人で悩みを抱えてるお母さんはたくさんいると思うの。そういう人たちが気軽に遊びに来ることができて、相談ができたり、子育て仲間のお母さんができたり……それと売り上げが結びつくかは分からないけど……けど、たくさんのお母さんたちに知ってもらえるし、継続的に人は来るんやないかなと思うて」

五十八はすみれの意見を手放しで褒めた。

「……なんちゅうええ考えなんや！　即売り上げに結びつかなくてもええんや。長い目で、お客さんの立場で見ることや。すぐにでも始めたらええ」

上機嫌ですみれが店に戻ると、ショーウインドーの前で、一人の女の子が看板代わりのワンピースを見つめていた。すみれは、以前にもその女の子を見かけたことがあった。

「……そのワンピース、気に入ってくれたのかな？　ちょっと着てみる？」

目を丸くしている女の子を、すみれは店の中に案内してワンピースを試着させた。

「どこか、着ていきたいところがあった？」

「入学式やから……」

サイズは少し大きかったが、ワンピースはその子にとてもよく似合い、鏡を見せるとパッと顔が明るくなった。

「……入学式に、着よか？」

すみれの口から、自然とそんな言葉が出た。

「お名前は？」

「美幸《みゆき》……」

「美幸ちゃん、何度も見に来てくれてたでしょう。そういう子の晴れ舞台に着てもらえたら、このワンピースもうれしいと思うの」

そばで見ていた君枝も賛成し、明美は、サイズ直しをするために待ち針を持ってきた。

「ぴったりに直してあげるから、測らせてね」

採寸を済ませて美幸が帰っていくと、すみれたちはワンピースの直しに取りかかった。

作業を始めると、君枝は改めて、良子の型紙を起こす技術に感心した。

「この腰の膨らみ。私が絵に描いたとおり。それに、この肩口の膨らみ。どれくらい膨らますか、頭の中で完璧に想像できてないと……」

「どうしてるかなあ、良子ちゃん。幸せに過ごしてたらええんやけど……」

すみれは、ずっと気にかかっていたことを明美に尋ねてみた。

「良子ちゃんに、開店前にたくさん作ってもらった分のお金……届けたいと思うんやけど……ええかな？」

「ええやろ。当然のことや」


その晩、すみれが家に帰ると、ゆりがさくらの遊び相手をしてくれていた。五十八と忠一郎も一緒に訪ねてきており、何ごとかとすみれが驚いていると、ゆりが遠慮がちに言った。

「すみれ……今日から、お世話になられへんかなあ」

このところ潔も出かけてしまうことが多いので、しばらく闇市を離れ、すみれの頑張っている姿を見たいと思ったのだという。

「ええよ！　狭いけど、お姉ちゃん来てくれたら、家が明るくなるわ」

さくらもにこにこと笑っている。かわいい姪《めい》の笑顔を見て、ゆりの顔もほころんだ。

「かわいいなあ、よろしゅうなあ、さくら」

五十八は、久しぶりにゆりの明るい顔を見ることができて、ホッとしていた。

翌日、すみれが良子の家を訪ねていくと、良子は龍一をおんぶして、かいがいしく家事に励んでいた。

「良子ちゃん、元気そうでよかった」

「うん、すみれちゃんも」

「君ちゃん、お店に戻ったのよ。いろいろあったんやけど……ご主人の了解をもらって」

「そう……ほかに変わったことは？」

「あ、前に作ったワンピース、あれをね、ジーッと見てた子がいて……その子の入学式に、着させてあげたいと思うんやけど……」

「ええねえ。喜んでくれる子に着てもらったら、あのワンピースも本望よ」

久しぶりに良子の笑顔を見て、すみれはしみじみと言った。

「やっぱり、その笑顔が見られないのは寂しいわ。でね、ワンピースを仕立て直してて……改めて、良子ちゃんはすごいって、君ちゃんも言うてた」

すみれは、商品作りの手間賃を渡そうとしたが、良子はそれをかたくなに拒んだ。

「こっちの都合で辞めて、迷惑かけたこと分かってるのに、そんなん絶対にもらえないわ」

そこへ、良子の夫の勝二が帰ってきた。良子は笑顔で勝二を迎えていたが、その表情がどこかぎこちなく思えて、すみれの胸に不安がよぎった。


その後、すみれは店に戻り、君枝、明美と、ベビー相談室について話し合いをした。しかし、どうしても良子のことが気にかかって、話に集中できなかった。

「ご主人が戻ってきたから、そんなに話せなかったんやけど……なんか……なんかなあ……」

昼間に帰ってきたということは、勝二の仕事はまだ決まっていないのだろう。すみれの話を聞いて、君枝と明美も心配そうな顔をした。

そこに、美幸が訪ねてきた。

「ワンピース、できてるよ」

サイズを直したものをすみれが着せてあげると、まるで美幸のために誂えたようにぴったりだった。

「このワンピース、美幸ちゃんにあげるからね。もともと売り物やないし、美幸ちゃんが大切にしてくれれば、それでええの」

「大切にする！　大事に、大事に……。ありがとう」


翌日になってもすみれは良子が心配で、いてもたってもいられなかった。そこで、もう一度良子を訪ねようと決めて、神戸の街を歩いていると、ぼんやりとベンチに座っている勝二に出くわした。

「こんにちは……。ここで、何してるんですか……？」

「それは、その……なんや……あ、行かな……それでは、失礼」

逃げるように去ろうとする勝二を、すみれは慌てて呼び止めた。

「あの……これ、良子ちゃんがお店にいた頃に、商品を作ってくれた分のお給料です」

封筒を差し出したが、勝二もそれを受け取ろうとはしなかった。

「それは良子に渡してください」

「そう思ってこの間お邪魔したんですけど、良子ちゃん、受け取ってくれないんです。これで、時計を買い戻してあげてください。良子ちゃんがご主人に頂いた時計です……」

良子は生活費の工面に困ったときに、勝二にもらった大事な腕時計を、やむなく商店街の時計屋に持ち込んでお金に換えていた。勝二はすみれから聞いて、初めてそれを知った。

「良子ちゃんを……ちゃんと気にしてくれてますか？　良子ちゃんは大事な、大事な友達です。良子ちゃんを幸せにできるのは旦那さんしかいないから……よろしくお願いします……」

その日、勝二が家に帰ると、良子は龍一を寝かしつけていた。疲れ切った妻の顔を見て、勝二は胸が痛んだ。良子には話していなかったが、勝二の職探しはうまくいっていなかった。このところそればかり考えていて、良子への思いやりを忘れていたのだと、勝二は気付いた。

良子は、勝二が帰ったと知ると、慌てて笑ってみせた。その笑顔が、勝二には余計に痛々しく見えた。

翌日、商店街を歩いていたすみれは、勝二が時計屋に入っていくのを見かけた。気になって中をのぞくと、勝二は、時子とその父親の時久《ときひさ》に、良子の腕時計を買い戻したいと頼んでいた。

この日も勝二が帰宅すると、良子はどこかぎこちない笑顔で迎えた。

「おかえりなさい」

「……これ」

勝二が腕時計を見せると、良子は息をのんだ。

「すみれさんに、聞いたんや」

「ごめんなさい！　私、大事にしてたんやけど……どうしても……どうしても……」

「わしは、良子よりも……あまりにも年上過ぎて、何をどうしたらええのか、分からんとこがあって……良子みたいな人が、嫁に来てくれただけでありがたくて……。その時計は……一緒に時を刻んでほしいゆう思いで……渡したんや。もういっぺん……一緒に……時を刻んでくれ」

「……はい」

良子は笑顔でうなずいた。涙交じりだったが、それは心からの笑顔だった。


翌日、すみれと君枝と明美は、仕事の合間に、ベビー相談室について麻田に話をしていた。

「ほう、隔週の土曜日ですか」

「はい、初めは人数少ないと思いますけど、続けることが大事かなと思うてます」

そこに、龍一を連れて良子がやって来た。

「こんにちは。久しぶり」

良子の腕には、あの時計があった。

「うちの人に、話してくれたんでしょう？　すみれちゃんのおかげで、いい方に向かうことができてる。本当にありがとう。それが言いたくて来たの。どうしても、言いたくて……」

「良子ちゃん……いつも、私は良子ちゃんが笑ってくれると……なんて言うんやろ……ここがね、スーッとするのよ」

胸の辺りを指してすみれが言うと、君枝もうなずき、麻田は明美に同意を求めた。

「そうですね」

「……うん」

さんざん角を突き合わせてきた明美の返答に、良子は驚いていた。

すみれには、もう一つ良子に伝えたいことがあった。

「良子ちゃんがね、お客さんを相手にするの、苦手やってことは分かってるの。分かってるんやけど……もし……その笑顔を、お客さんに向けてくれたら……もっと……大勢の人を、幸せにできるんやないかな……。頭下げて、とにかくご機嫌うかがいするゆうんやなくて……良子ちゃんが心の底から笑ってくれたら……ここは、もっとすてきなお店になるから……。だからいつか……いつか……戻ってきてほしい……」

そのとき、店の扉が開いて、ワンピース姿の美幸が入ってきた。

「美幸ちゃん！　こんにちは。今日が入学式？」

「うん！」

美幸は、祖父の光太郎《こうたろう》と一緒だった。

「この度は、孫がお世話になりまして……。美幸のこないな明るい顔、久しぶりに見ました。入学式に、こないな服が着たいやなんて……母親がおったら分かるんやろが、じいさんではなんも……。この子の両親は、亡《の》うなってるので、わしが育てとるんです」

そんな事情があったのかと皆で驚いていると、良子が美幸に声をかけた。

「髪の毛、かわいく結うてあげようか？」

良子のおかげで、髪型までおしゃれに整えた美幸は、ニコニコと入学式に出かけていった。

「ありがとう。いってきます」

その笑顔が、良子の心を動かした。

「……ここで、もういっぺん働きたい。あの子に笑顔もろうて、幸せな気持ちになったわ……」

勝二は、程なくして造船会社の経理の仕事に就くことができた。良子が仕事に出ている間は、喜代が龍一の世話をしてくれることになり、良子は安心して働けることになった。

そんな中、すみれたちは第一回のベビー相談室の開催日を迎えた。時子たちが「無料でなんでも相談できる」と宣伝してくれていたおかげで、初回から大盛況だった。

講師役の明美は少々緊張気味だったが、詰めかけた母親たちからのさまざまな質問に完璧に答えてみせた。

「うちの子は、ものすごう背中を反らせるんです。大丈夫やろか思うて……」

「はい、赤ちゃんはお母さんのおなかの中で丸まってます。生まれたと同時に、その姿勢から解放されます。そやけど、まだ力の加減が分からなくて、首や背中に思い切り力を入れてしもうて、反り返ってしまうんです」

君枝は、明美が話す内容をノートに書き記していた。

「こうして残しておけば、後でまとめて冊子にしたりできるでしょ？」

君枝から言われて、すみれはさすがだと感心した。店に駆けつけたゆりも、君枝を手伝った。

母親たちからの質問を受け付けた後は、商品の紹介も行い、この日は肌着が二枚、おしめが五枚、よだれかけが一枚とミトンが一組売れた。だがすみれには、売り上げ以上に気になっていることがあった。

「『欲しいけど買えない』いうお客さんが、多かったなあと思うて……。自分で作れるように、型紙と材料を売ったらどうやろう」

そうすれば手間賃がかからない分、値段を安くできる。

すみれはその晩、ゆりに型紙と生地を渡し、赤ん坊の肌着を縫ってみてもらった。ゆりは裁縫が得意ではない。だからこそ、誰にでも作れるかどうかを確かめるのに適任だった。

翌日すみれは、型紙を頼りにゆりが縫い上げた肌着を、良子たちに見せた。

「ようできてるね」

「ただね、袖の右左を間違えそうになったの」

「それやったら、この合わせのところに色を付ける？」

良子からそんなアイデアも飛び出し、すみれたちは早速、生地とセットにして売るための型紙作りを始めた。そこに、君枝の夫の昭一が訪ねてきた。

「仕事で近くまで来たもんやから……」

昭一が明美に挨拶をしていると、良子が君枝を冷やかした。

「ご主人、君ちゃんが心配で心配でしかたないのやろうねえ。毎日顔見てても、また見たくなったんやない？　長いこと会えなかった分、取り戻したいのよ」

照れる君枝を見て、すみれはほほ笑んだ。だが心の奥では、紀夫に会えない寂しさをかみしめていた。

ふさいだ気持ちを引きずったまますみれが家に帰ると、さくらのはしゃいだ声が聞こえてきた。見れば、栄輔がさくらをおんぶして雑巾がけをしていた。

「すみれさん、おかえりなさい」

すみれとゆり、喜代がそろうと、栄輔は近況を話して聞かせた。

「アニキはまだ、近江の工場におるんや。わしは、一段落ついて、帰ってきた」

坂東営業部の再建に向けて、潔は精力的に動いていた。

「で？　何しに来たの？」

ゆりが尋ねると、栄輔の歯切れが悪くなった。

「……さくらちゃんの顔見たい思うて」

「へえ……そうなんや」

そんな話をしていると、玄関から男性の声が聞こえてきた。

「ごめんください。夜分に申し訳ない。すみれさんはいらっしゃいますでしょうか」

「こんな時間に、誰でしょ……」

喜代が不安がると、栄輔が立ち上がった。

「わしが一緒に行きます」

すみれより先に立って栄輔が玄関の戸を開けると、紀夫の両親の田中五郎と富美が立っていた。

「お義父様……お義母《かあ》様……。ご無沙汰しております。どうぞ、狭苦しいところですけど……」

家に上がると、五郎と富美は、さくらを見て目を細めた。

「さくら……大きくなったなあ」

「お義父様……あの、お話ゆうのは……」

すると五郎は表情を引き締め、すみれの方に向き直った。

「紀夫のことなんやが……紀夫のことは……もう諦めてもらえないだろうか……」

あまりに唐突な言葉に、すみれは混乱するばかりだった。

# 第7章 傘のような男

突然訪ねてきた紀夫の両親と、すみれとの会話を、ふすまの向こうでゆりと喜代、栄輔が聞いていた。

「もちろん、紀夫は坂東家の婿に入った息子です。私らにそんなことを言う資格はないことは承知です……しかし、紀夫の親として……この現実を、覚悟しなければならないと思っているのです。ここまで、なんの便りも知らせもない……それは……紀夫は……もう戦死した可能性もあるということです」

絶句しているすみれに向かって、五郎は続けた。

「我々は、田舎に引っ込もうと思ってます。どうか紀夫に縛られずに……」

富美も、涙にぬれた瞳ですみれを見つめて言った。

「あなたには、未来があるのよ……」

すみれは翌日、このことを五十八たちに知らせに行った。ゆりたちのバラックで、五十八と潔、ゆり、栄輔、忠一郎は、やるせない思いで、すみれの話を聞いた。

「田中先生がそないなことを……」

五十八と五郎はかつて、共に貴族院議員として活躍していた。その人柄をよく知る五十八にとっても、五郎の言葉は意外なものだった。

「それですみれ、お前自身は……」

「……分かりません」

「そらそうよ……そう言われたからって、『分かりました、私も諦めます』とは言えないわ」

ゆりの言葉に五十八も納得し、自分が紀夫の消息を調べてみると、すみれに約束した。

「すみれ、苦しいだろうが待ちなさい」

潔も、すみれを力づけてくれた。

「紀夫くんがいつ戻ってきてもええように、わしらも頑張っとる」

すみれは、小さくうなずくのが精いっぱいだった。


ゆりたちのバラックを出てすみれが闇市を歩いていると、栄輔が追いかけてきた。

「すみれさん。駅まで送るわ」

二人で歩きだすと、栄輔は明るい調子で言った。

「『ベビー相談室』、盛況なんやろ？　わしも行ってみたいわ」

「いつでもどうぞ」

「ほんまか！　何相談すればええやろ？　考えとくわ」

栄輔が母親と赤ん坊たちの中に交ざっているところを想像するとおかしくて、すみれは笑ってしまった。

「栄輔さん。いつもありがとうね。栄輔さん、いつも元気やから、こっちまで元気が出るわ」

するとと、言われた栄輔の方も笑顔になった。

そのとき、二人のそばを闇市の商品を運ぶリヤカーが通り過ぎていった。鍋ややかんなどの日用品と一緒に、ひもで縛られた傘が十本ほど積んであった。それを見ると、栄輔は慌ててリヤカーを呼び止めた。

「ちょっと待ってや！　この傘……売ってくれ」

金を払って受け取ると、栄輔は傘をじっと見つめた。

「……どうしたの？」

「これ……うちで作ってたもんなんや。わしのうち、傘工場やったんや。小さな工場やけど、父ちゃんと母ちゃんが必死に働いて……残っとった傘も、空襲で焼けてもうて、もうどこにもあらへんやろ思うてたんや。こんなところで出会えるとはなあ……」

「きっと、栄輔さんの思いが、引き寄せたんよ」

「……すみれさんも……きっとやで。強う思うてたら、願いはかなうもんや。……頑張りや」

「……うん」

その足ですみれは仕事に向かった。店では良子と君枝、明美が、型紙作りをしながら話をしていた。

「うちもよ、もう、どうしたらええのか頭が痛いわ……」

「やっぱり、良子ちゃんのところもかあ」

「遅うなりました。なんの話？」

「龍一も健ちゃんも、お父さんに懐かないのよ」

良子の息子の龍一が生まれてすぐに、勝二が出征した。君枝の息子の健太郎は、昭一の出征中に生まれている。そのため二人とも、まだ父親に慣れていなかった。

「主人も頑張ってくれてるし、辛抱強くやらんとね」

君枝が言うと、良子もうなずいた。

「いてくれるだけでも子供にとっては、ええことよ。なんやかんや言うて頼りになるし……」

そこまで言って、良子は慌てて口をつぐんだ。すみれの前でする話ではないと気付いたのだ。

「ごめんね、すみれちゃん……」

「ええのよ。私も型紙作らなね」

すみれは笑顔を見せてから、仕事に取りかかった。集中しなくてはいけないと思っているのに、すみれの頭には、昨夜五郎に言われた言葉がよみがえった。

――紀夫は……もう戦死した可能性もあるということです――。

「……ちょっと用事思い出したわ」

そう言い訳して、すみれは店の表に出た。

一人で涙をぬぐっていると、肩をたたかれた。振り返ると、明美がハンカチを差し出していた。

「なんかあったんか？」

明美は、商店街の時計屋にすみれを連れていった。

「おっちゃん、ちょっと外してくれへん？」

明美からいきなりそんなことを言われて、店主の時久はきょとんとした。

「わしの店やけどな……」

納得のいかない様子だったが、時久は店の奥に向かい、すみれたちを二人きりにしてくれた。

すみれが事情を話すと、明美はあっさりと言った。

「そないなことか。もっとどえらいことが起こったのかと思うたわ。死んだゆう知らせが来たとか」

ドキリとするようなことを、明美は平然と口にした。

「それやったら、何も変わっとらんやないか。ただ、両親の考えを聞いたゆうだけ。状況は、そら、喜ばしいことやないけど、急に泣かなあかんことも起きてない。そやろ？」

言われてみれば確かにそうだと、すみれはうなずいた。

「あんたはあんたで、淡々としとき。淡々とや」

それはきっと、明美が自分の人生を通して身に付けてきた苦しみの乗り越え方なのだろう。


翌日は、二度目のベビー相談室の日だった。この日も赤ん坊連れの母親たちで大盛況で、あさや靴店に下駄を買いに来た客が、驚いて帰ってしまうほどだった。

この日、喜代が六甲の山に詳しいという知人と山菜採りに出かけたため、すみれはさくらをおぶって店に出ていた。そこに昭一が、健太郎を抱いてやって来た。健太郎はやっと父親に懐き始めたようで、昭一に「高い高い」をしてもらって、はしゃいでいた。

そんな父と子の姿を、さくらがじっと見つめていた。さくらの視線に気付き、切なさがこみ上げてきたすみれは、自分に言い聞かせた。淡々と、淡々と……。

ベビー相談室を終えて家に帰る道で、すみれは自分の背中で眠るさくらに語りかけた。

「あなたのお父さんはね……あなたがこの世に誕生したと知ったとき……空に向かって叫ぶほど、喜んでくれたのよ……。会いたいね……会いたいね……」

淡々と……。そう思っているのに、こらえていた涙があふれてしまった。


ある朝、すみれ、君枝、良子が子供を連れて出勤し、明美も含め四人がそろったところで、麻田が、話があると言いだした。

「隣の隣のお店が、店じまいすることになりました」

そこは輸入家具の店だった。

「あちらで、皆さんのベビーショップを開いたらどないでしょう？　だんだんお客さんも増えて、ここは手狭でしょう？　『ベビー相談室』も大盛況でしたし」

あさや靴店を出ることなど考えたこともなかったすみれたちは不安を口にしたが、それでも麻田は、四人に店の移転を勧めた。

「確かに、向こうはここより広い。三倍はあります。広くなれば大変です。商品も多く置かなあきません。そやけど、もっといろんなもんを置けるとも、言えます。それと同時に、夢も大きゅうなると思います」

夢という言葉に、すみれ、良子、君枝は心惹《ひ》かれた。しかし、明美だけは現実をしっかりと見据えて言った。

「家賃かかるやろ」

「まあ……そやけど、交渉次第で、なんぼか安うなると思いますよ。私の話になりますが……これまでただただ、手抜きをせずに、コツコツと、真面目に、丹精込めて靴を作る。ただそれだけでやってきました。それだけですが、幸いにも、何十年もここでやってこられました。これまでどおり、お客さんのことを考えて、作る姿勢さえ大切にしてゆけば、なんの問題もありまへん」

麻田にそこまで言われて、すみれたちはその家具店を見に行くことにした。広々とした店内には大きなショーケースがあり、どんな商品を置けるだろうかと夢が広がった。

「ベビーだけやなくて、子供服もできるんやない？」

明美がそう思いついたのは、すみれたちが、どんどん大きくなる子供たちのために服を作らなくては、と話していたからだ。

「すてきやね……」

すみれの頭の中には、早くもベビー用品や子供服が並ぶ店内の様子が浮かんでいた。


翌日、君枝は子供服のデザインをいくつか描いてみせた。訪ねてきた時子、綾子、文、千代子が大人の洋服と間違えるほどおしゃれだったが、値段を考えると、手が届かないだろう、というのが主婦四人組の意見だった。

時子たちが帰った後、すみれはふと思いついた。

「……子供服も型紙、売ったらどうかな？　それなら、家にある着物とか、大人の物もほどいて使えるなあって」

「うん！　君ちゃん、デザイン描いてよ」

「もちろんやわ。今晩いっぱい描いてくる」

張り切る君枝に、明美が釘を刺した。

「焦らんとってよ。調子に乗って、また具合悪うなったらどうするの」

「……そうやったね」


すみれたちはこの日、昭一と勝二と共に家具店を見に行った。夫たちにも物件を見せて、移転の件を考えてもらおうということになったのだ。麻田も同行し、各々の子供たちも連れていった。中に入ると、勝二が尋ねた。

「ここは、家賃はどんくらいなんやろか」

するとと麻田が、商店街の人々の思いを代弁した。

「相場より、相当安うなっとります。商店街の皆さんが、交渉してくれたんです。『ベビー相談室』に人が集まるのを見て、なんかしらの可能性を見ることができたんやないでしょうか。みんなが『入ってもらいたい』思ってるんやと思います」

それを聞くと、昭一は納得した顔で君枝に言った。

「ええんやないか？　これまでどおり、無理はせんようにな」

「ありがとう！」

思案顔だった勝二も、良子にうなずいてみせた。すみれは、昭一と勝二に深く頭を下げた。

「ありがとうございます」


内見を終えて帰り支度をすると、昭一は健太郎を、勝二は龍一を肩車した。夕暮れの道を帰っていく二組の家族の後ろ姿を、さくらがじっと見つめていた。

「さくら、帰ろか」

すみれが声をかけると、さくらは突然大声で泣きだした。やはり羨ましいのだろうかと、すみれが切なくなっていると、さくらが誰かにひょいと抱き上げられた。

「さくらちゃん……元気やったか〜！　高い高い〜！」

見れば栄輔が、さくらを肩車してくれていた。とたんにさくらは泣きやんで、はしゃぎだした。

栄輔はポケットから袋を出して、すみれに差し出した。

「これ。工場でもろうた縫い糸や。タダでもろうたんやから、遠慮はいらん」

もらっていいものかとためらうすみれに代わって、明美が縫い糸を手に取った。

「おおきに」

あさや靴店に戻る明美と別れて、すみれは、さくらを肩車した栄輔と一緒に商店街を歩いた。

「すみれさん。さくらちゃん、どんな顔してます？」

「笑ってます」

「見たいわ〜」

栄輔の優しさが、すみれの胸にしみ渡っていた。

この頃には、潔が近江の工場から帰っていたので、ゆりも、すみれのバラックから大阪の自宅へと戻っていた。

ある日、闇市を仕切る親分の根本が、集会を開くと店主たちに呼びかけた。これまでにないことに、何ごとかと思いながら五十八、潔、栄輔、忠一郎も出席した。

「お忙しいところすまへんなあ。お集まりいただいて、おおきに」

根本が挨拶を始めたとたんに、市場の一角に集まった人々はざわついた。

「すまへんやて、おおきにやて！　わしらに言うとるのか？」

根本はさらに、皆を驚かせた。

「まず、報告や。今後、場銭は取りまへん。そん代わりに、値段も考えてほしい。無茶な場銭がのうなる代わりに、客が買いやすい値段にしてほしいんや。マルコーに近い値段で、女子供が、安心して買い物できる商店街になったらどやろ？　長く続くんやないやろか」

マルコーとは公定価格のことだ。以前五十八が根本に、リーダーとしてこの市場の未来を考えるべきだと訴えたことが、今日の集会につながったのだ。店主たちは根本の話に真剣に聞き入っていたが、根本の子分だったはずの玉井が、ケチをつけ始めた。

「そないたわけた話、聞いとらんわ」

「文句のあるやつには、出てってもらって構わん。ここが安心な場所やと言われるように、自警団を作りたいと思うてるんや」

そこに、ゆりが駆け込んできた。

「それで女が安心して、堂々と来られるようになったら、いつかここは闇市ではなくなると思います。女が来ない市場に、未来はありません！」

堂々と意見を述べるゆりを見て、潔は感心していた。根本はゆりの言葉を受けてこう宣言した。

「時代は変わるんや。いや、変えなあかんのや。賛同してもらえんなら……出てってくれ」

玉井は子分たちを引き連れ、いらだたしげに辺りの物を蹴り上げながら去っていった。


五十八たちが集会から帰ったところに、すみれが訪ねてきた。

「すみれ、紀夫くんのことは、今調べとるんやが……。なかなか混乱しとってな……今、議員時代のつてを探しとるところや」

すみれは内心がっかりしながら、五十八たちに、店が移転することを話した。

「子供服も作りたいと思うてるの。みんなオシャレさせたいんやないかなあ、子供にも」

潔や五十八は意外そうに聞いていたが、ゆりはすぐに賛成した。

「そうよね、やっぱりかわいい服を着せたいと思うよね」

「生地はどないするんでっか?」

忠一郎がすみれに尋ねた。

「手持ちの着物や洋服を、ほどいて作ることもできるの。ある材料で、できる物が作れればええのよ。でもね、仕立てもしようと思うてるのよ。もし、少しでも、ええ生地やかわいい生地があったら教えてください」

相談を終えて帰っていくすみれを栄輔が送りに出た。

「かわいい生地ってどこにあるのやろう」

「そやなあ……進駐軍専門の商店にはあるやろうけど、日本人が買うんは無理やな。ドルでしか買えへんからな。わしも当たってみるわ」


翌日、すみれは、栄輔から聞いた話を良子たちに伝えた。進駐軍専門の店ならば、おしゃれな生地がたくさんありそうだが、ドルしか使えないとなれば、買う方法はない。皆で頭を悩ませていると、君枝の頭に妙案がひらめいた。テーブルクロスを注文してくれたリサに頼んでみてはどうかというのだ。さっそく皆でランディ家を訪ねて、かわいい生地を少しずつ買ってきてもらいたいとお願いすると、リサは快諾してくれた。

こうして生地が手に入り、すみれたちは子供服を試作した。時子たちに見せると大好評で、様子を見に来た栄輔も、すみれたちの仕事が順調だと知って喜んだ。


時子たちが帰った後、新店舗で売る商品について皆で話し合っていると、潔が訪ねてきた。

「どないしたの？」

明美が尋ねると、潔は世間話をしに来たのだと言い、栄輔が来ていることに驚いた。

「お前何しとるんや、ここで」

「わしも、世間話をしに……」

思わず口ごもる栄輔だった。

すみれは、潔に試作品の子供服や型紙を見せた。潔はそれらの出来栄えに感心した。

夕方になり、潔と栄輔は一緒に店を出た。

「ほんまは、世間話しに来たわけやないやろ」

栄輔に言われて、潔は真意を話した。

「わしらが留守しとる間、ゆりがこっちに世話になっとったやろ。何があいつを変えたのやろと思うて」

「そうやったんや……」

栄輔はふいに足を止め、まだ用事があるからと引き返していった。


この日、すみれは栄輔と一緒に帰宅した。出迎えたさくらは、栄輔を見るとはしゃぎだし、栄輔の方も大喜びでさくらを抱き上げた。

「さくらちゃん、笑ってくれたんか！　うれしいのう」

喜代は栄輔に、山菜の天ぷらを振る舞った。栄輔は、山菜は喜代が採ってきたのだと聞くと、

「わしも今度お伴します」と喜代を喜ばせ、さくらには、お土産のアメリカ製のブリキ人形を手渡した。

「こんなにようしてくれて……本当にありがとう」

「いやいや、わしが勝手にやってることやし……さくらちゃんは天使やわ」

食事を終えて、そろそろ帰ると栄輔が言うと、膝に乗っていたさくらがぐずり始めた。すみれが言い聞かせても、さくらは栄輔にしがみついて離れなかった。それを見て喜代が言った。

「もし、栄輔さんがお嫌でなかったら……どうやろ、泊まっていってもらえませんやろか……。

私もおりますし、さくらお嬢様も、ねえ」

さくらは喜ぶだろうが、厚かまし過ぎるのではないかとすみれはためらい、栄輔に尋ねた。

「そんな……甘えてしもうてもええんですか？」

「はい！」

栄輔はポンと胸をたたき、さくらと遊びだした。楽しそうなさくらを見ていると、すみれも自然と笑顔になった。

栄輔が泊まることになったので、喜代は五右衛門風呂を沸かし、すみれは紀夫の荷物の中から浴衣を取り出した。

縁側には栄輔が脱いだ服がきれいに畳んで置いてあり、すみれはその横に浴衣を置いた。紀夫の浴衣を貸すことにためらいはあったが、栄輔にくつろいでもらえるように、と思った。

その後、風呂から上がって浴衣に着替えた栄輔の膝で、さくらはすやすやと眠ってしまった。

喜代がさくらを布団に連れていくと、栄輔はとろけそうな顔ですみれに言った。

「いやあ、ほんまにかぁいらしい……かぁいらしゅうてかぁいらしゅうて、もう……食べてしまいたいくらいや」

「栄輔さんは、明るくて楽しくて……ご両親はやっぱりきちんとなさった人やったのね」

「いや、そんなこと……ただの傘作ってた職人や。毎日忙しゅうて留守ばっかりで、食ってくだけで精いっぱいやった」

「そんなに忙しくても、お洋服は脱いだら畳むものやって、教えてくれたのよね。ええご家族やったのね」

「そうか……そうやな……。お金がのうても、笑いが絶えない家やったわ。家族みんな仲がようて、妹もかぁいくて」

「妹さん、私と同じ年の……」

「そや。洋裁習いに行っとったんやで」

「そう！　きっと、ご両親が傘を作るところを見て育ったからよね」

「そうか！　気付かんかったわ……。すみれさんは？　洋裁は誰に習《なろ》うたんや？」

「……母に習ったの。とっても刺繍が上手でね……病気で入院してた母に見せたくて……そういう思いで、刺繍をしたことで、私の人生は変わったような気がする」

「……ほかには。すみれさんのお母さんの話、聞きたいわ」

「……そうね、四つ葉のクローバーの意味。四つの葉っぱに、意味があるって。『勇気』、『愛情』、『信頼』、『希望』……全部そろうと、幸せになる。大人になっても、忘れないでって……」

「そないなすみれさんが、今はもうさくらちゃんのお母さんやな。いつかお母さんに会ったときに、幸せやったでって言えるように……生きていきたいなあ」

「……そうね」

「……なあ、すみれさん。これ……紀夫さんの浴衣やろ？　紀夫さんは……どないな人なんや？」

すみれは栄輔に、ケースに入れて持ち歩いている結婚式の写真を見せた。

「幸せそうな顔や……。そらそうやな、こんなキレイな嫁さん……。さくらちゃんは、会《お》うたことは？」

「ないのよ。……この間、紀夫さんのご両親がみえたでしょう……」

すみれはあの後、ふさいでいた自分に、明美が淡々としているようにと言ったことを話した。

「言うとおりやな……」

そこに、寝ぼけ眼のさくらがやって来た。さくらはまた栄輔の膝に上がって、大きな手で頭をなでられるとウトウトし始めた。

「お父さん……」

そうつぶやいて、さくらは眠りに就いた。

「ごめんなさい……」

すみれが謝ると、栄輔は首を横に振った。

「……なんやろ……なんやろな……ええなあって思ったわ今。家族ってええなあって……これがほんまの家族やったら……いやいやいや、何を言うてるんやわしは……」

栄輔は自分の言葉に自分で慌てて、また、さくらの頭を優しくなでた。


翌朝すみれは、さくらと一緒に家の近くの道まで栄輔を送っていった。三人は、さくらを真ん中にして手をつないで歩いた。

「栄輔さん、ありがとうございました」

「こちらこそ、お邪魔しました！」

辺りの桜の木は、堅いつぼみを付け始めていた。それを見て、栄輔が尋ねた。

「さくらちゃんは……桜の花が咲いているところを見たことは？」

「ないの。去年は疎開しててそれどころやなかったし……」

「そうか。今年は一緒に見よな。桜の花がパーッと咲いて、キレイなところ。三人で、一緒に見よな」

「うん」

さくらが元気に返事をした。

その後、すみれは出勤途中に商店街で喪服姿の人々を見かけた。綾子、文、千代子もいたので、声をかけると、綾子が目を潤ませて言った。

「時子ちゃんのご主人が……亡くなったって」

時子は、夫は生きていると信じて頑張っていたのだが、戦死公報が届いたのだという。

時計屋から、夫の遺影を抱いた時子と、時久が出てくるのが見えた。その痛々しい姿に、すみれは言葉をなくした。

その日すみれは、いたたまれない気持ちで、ゆりたちのバラックへ向かった。表に出ていた五十八に、すみれは尋ねた。

「お父様……紀夫さんのこと、何か分かった？」

「分からんのや。申し訳ない」

「もう……私……淡々と待つなんて……私には無理よ……」

五十八は、泣きだしたすみれを部屋に上げて話をした。表からは、雨音が聞こえ始めていた。

「紀夫くんは……戻ってくるかもしれんが、戻ってこないかもしれん。少しずつ……紀夫くんのいない人生を考えることも……必要やないかと思うとる。新しいことも始まる。前を見るんや」

「前……前って……。紀夫さんのことを考えることは……後ろを見ていることやと、お父様は、そうおっしゃるんですか?」

「……ああ、そうや」

娘のためを思っての言葉だったが、すみれはショックを受けて、バラックから駆け出した。

雨にぬれながら梅田の商店街を走っていると、栄輔が追ってきた。

「すみれさん! 待ってや! すみれさん!」

栄輔は、両親の工場で作られた傘を開き、足を止めたすみれに差しかけた。泣き顔を見て、栄輔の中にすみれを抱き締めたいという思いが突き上げた。だが、許されないことだと思い直し、すみれの手にしっかりと傘を握らせた。すみれは言葉もないまま、傘を差して去っていった。雨の中、小さくなっていく後ろ姿を見ながら、栄輔は追いかけたい気持ちを必死でこらえていた。


すみれが帰った後、ゆりがバラックで食事の支度をしていると、潔が帰ってきた。

「ゆり……今後のことで話があるんや。ええか?」

ゆりは料理の手を止め、潔と向き合った。

「今仕入れてる綿花やが、焼け残って安う仕入れられるにも限りがあるんや。そやからゆうて、闇市で粗悪なもん売りつけた金を元手にしとっては、なんも変わらん。自分たちの布を、どうにか売っていきたいと思うてる。糸を仕入れて布を作って、小さい規模でも、少しずつ卸して……近江の麻糸を原料にして、布にできへんやろかと、考えとる。わしはゆりに……近江へ行って、奥様がしとったことと同じことを……やってもらえないやろかと思うとる」

坂東営業部を設立した頃、五十八とはなは、大阪と近江に分かれてそれぞれ仕事に励んでいた。

「一人やとできんのや。離れて、寂しい思いさせるかもしれんし、つらいこともあるかもしれん。並大抵のことやないと分かっとる。こんだけ苦しいことを……どっかで遠慮があって……お義父さんにもよう言われへんかった。わしらの未来のために、『坂東営業部』復活のために……先代のお義父さんとお義母さんがやっとったことを……一緒にやってくれへんやろか」

思い切って自分の思いを告げると、潔はゆりの返事を待った。

「……私……そうできたらええなあって、ずっと考えてたのよ。どこまでできるかは分からないけど……お母様もやっとったことやもの……私も頑張りたいわ」

共に困難に挑んでくれるというゆりを、潔は愛おしく思った。

「……わしらは、変わっていかなあかん。そやけど……何があっても、わしの惚れたゆりは変わらんはずや」

久しぶりに気持ちが通った二人は、笑顔を交わし合った。


栄輔と別れて家に帰ったすみれが、ふさいで寝込んでいると、喜代が声をかけてきた。

「すみれお嬢様、お客様ですよ」

「今日は……」

会いたくないと言いかけたところに、来客が姿を見せた。

「もう来てもうたわ」

「……明美さん……」

すみれは庭に出て、明美と話をした。

「結局、どうしたらええのか……何もハッキリせんまま……どうしたらええんやろう……」

「自分で決めるしか、ないんやない？　あんたの旦那が、死んどるか、生きとるか」

「そんな……。そんなこと、決められるわけないやない！」

「結局、今までなんだかんだ言うてきたけど、帰ってくることを信じてない、いうことやね。信じとったら、そない苦しまんよ」

「信じて……もし何年も何十年も待って……それで会えればええよ……そやけど、死ぬまで会えなかったら……そんなつらい人生、ないわ……」

「生きとるんやったら、会えなくてもええやないか……どっかで元気に生きとってくれたら。そう思えんのやったら、諦めることや。もう会えんて、そう決めて、旦那のおらん人生をもういっぺん始めることや。あんたがそう決めても、誰も責めへんよ。旦那の親御さんかて、そない言うてるんやろ？」

「……そんな簡単なことやないの……明美さんには、分からない」

翌日になっても、すみれの心は晴れなかった。君枝たちに新しい店の名前を考えようと言われても気乗りせず、家に帰っても悩んでばかりいた。心配した喜代に優しく声をかけられると、すみれはまた泣きだしてしまった。喜代は自分も涙ぐみながら、すみれを励ましてくれた。

「苦しいでしょうけど……今は何も考えずに、流れに身を任せることです。そうしとったら、何かが起きます。自分の気持ちの変化や、周りの出来事や……自然に、なるようになりますから」

翌朝すみれが家を出ると、栄輔がいた。

「おはよう。……心配しとった。一人で、どんだけつらい思いしてるやろうて……。あの……わしで……わしでよかったら……」

栄輔が言葉に詰まっていると、郵便局の配達員がやって来た。

「坂東すみれさん宛ての手紙です」

受け取って差出人を見たが、すみれの知らない名前で、中には一筆箋が入っていた。

『一之瀬《いちのせ》と申します。この手紙をお預かりしましたので、送ります』

一緒に小さめの封筒も入っており、そこにも『坂東すみれ様』と宛名が書かれていた。見覚えのある文字に胸を高鳴らせながら封筒を裏返すと、差出人は『坂東紀夫』とあった。震える指で封を開けると、紀夫からすみれへの短い手紙が入っていた。

『すみれが無事でいることを信じています。桜の咲く頃、帰ります。早くすみれに会いたいです』

すみれは思わずその場にしゃがみ込んだ。涙が止まらないすみれに、栄輔は優しく声をかけた。

「すみれさん……よかったな、ほんまに」

紀夫から便りがあったことを知らせると、五十八もゆりも忠一郎も、安堵して喜んでくれた。潔は、紀夫が戻るまでになんとか坂東営業部の立て直しを進めなくてはと、気を引き締めた。

良子も君枝も自分のことのように喜び、いつも冷静な明美までが涙を浮かべた。

そんな中、栄輔は気が抜けたようになってしまっていた。ゆりたちのバラックの前で栄輔がぼんやりと座っていると、ゆりが声をかけてきた。

「……栄輔くん。大丈夫？」

「……わしはほんまにあかんわ……父ちゃんの遺言、守れてない。愛する人を涙から守って、心が晴れるまでジーッと、一緒に待てるような……傘のような男になれ、言われてたんや。せっかく、すみれさんの心が晴れてきたゆうのに……さくらちゃんに、ほんまのお父さんが帰ってくるゆうのに……チクッとしとる。なんでこないに、わしは器のちっさい男なんや。己が嫌になるわ」

「……あんたは絶対に、幸せになるよ。私が保証書出したるわ」

そう言って、ゆりは栄輔の背中をドンとたたいた。


翌日、潔とゆり、五十八、忠一郎は、近江の坂東家の本家を訪ねた。

「その節は、家族一同、大変お世話になりました」

迎えたトク子と長太郎に、まず五十八は頭を下げた。

「今日は、兄ちゃんにお願いがあって、来ました。正直……わしは兄ちゃんに対して、子供ん頃から、『自分の方ができる』『長男やからって』なんて……ちっさいことを考えとった。それなのに、わしの家族を、疎開で受け入れてくれた。神戸の家は空襲で焼けた。もし、受け入れてもらえへんかったら、わしら全員死んどってもおかしくない。心から感謝しとります。これからは、若いもんの時代や。次の世代が力を合わせてやっていけるように、なんとかお願いを聞いてほしいのや」

そこまで言うと五十八は、潔に具体的な話をするよう促した。

「わしは、ゆりを近江に置いて、商売がしたいんです。近江で麻糸から布を作るのを、ゆりが段取りを取る。そうして、大阪に送る。それをわしらが受け取って百貨店を回って卸す……もう一度、そっから『坂東営業部』を始めたいんです」

「それは、はなさんのやってたことを、ゆりにやらせる、ゆうことか？」

「はい、そうです」

すると長太郎は黙り込み、代わりにトク子が言い切った。

「無理や。この子にはでけへん」

お嬢様育ちのゆりには無理だと言いたいのだろう。だがゆりは、自分の意志が固いことをトク子と長太郎にはっきり伝えた。

「私は、大阪に戻って、理想だけやうまくいかないことを知りました。私にできることは少ないということも……そやけど、できることを見つけたんです。頑張りたいと思うてます」

「ほんまやな」

「はい」

トク子はゆりに念を押した。

ゆりが本気なのだと感じたトク子は、長太郎の方へ向き直った。

「……長太郎。ゆりの面倒、見てやってくれんか」

潔も頭を下げると、長太郎がやっと口を開いた。

「……分かった」


翌朝、出勤したすみれは、新しい店の名前を良子たちに提案した。

「『キアリス』って、どうかな」

君枝、明美、良子、すみれの、頭の一文字ずつを取ってキアリスと、前の晩にすみれは思いついた。真っ先に賛成したのは君枝だった。

「ええねえ」

良子も喜び、明美に同意を求めた。

「最高やわ！　なあ、明美さん」

「……うん」

さらに良子と君枝からは、店のマークのアイデアまで飛び出した。

「それやったら、マークはリスはどう？」

「クローバーとリス？　ええやないの！」

想像しただけでもかわいいマークになりそうで、四人は盛り上がった。

次の日、すみれはさくらをおぶって、栄輔に会いにゆりたちのバラックを訪ねていった。

「栄輔さん、これ……」

すみれは、栄輔が貸してくれた傘を差し出した。

「ご両親の作った大事な傘を、貸してくれてありがとう……。栄輔さんの優しさに、いつも救われてた。私も、さくらも。ほんまにありがとうね」

「わしこそや……」

栄輔は涙をこらえて、笑顔でさくらを抱き上げた。さくらは、栄輔の腕の中で無邪気に笑っていた。


それからしばらくすると、大阪でも神戸でも桜が満開となった。

栄輔は、すみれとさくらと一緒に見るはずだった桜を、闇市の一角で一人きりで見つめた。

同じ頃すみれは、さくらと手をつなぎ、家のそばの桜を眺めていた。すると、木々の間をこちらへ向かって歩いてくる男性の姿が見えた。だんだんと顔が見えてきて、待ち続けた人だと分かると、すみれはさくらを抱き上げ、全力で駆け出した。

「……紀夫さん……紀夫さん！」

紀夫はすみれの顔を見て、すぐには言葉が出てこなかった。泣きながらすみれがさくらを見せると、紀夫がやっと口を開いた。

「さくら……」

紀夫は、さくらの小さな手を握り、次にすみれの手を取った。

「……ただいま」

「……おかえりなさい」

第8章

# 止まったままの時計

すみれは紀夫を連れてバラックに帰った。出迎えた喜代は、紀夫を見て涙ながらに喜んだ。

「ほんまに……ほんまによう……」

「ただいま帰ってまいりました」

夕方には、ゆりと潔、五十八と忠一郎も、紀夫に会いにやって来た。

「よう帰ってきてくれた……」

しみじみと言う五十八に、紀夫は頭を下げた。

「ありがとうございます……ご心配おかけしました」

「生還祝いの会を、盛大にやらなな！」

「それやったら、すみれのお友達の家族も呼んだらええやない」

ゆりの提案に、すみれも賛成した。しかしそうなると、広い場所が必要になる。

「……新しい方のお店でやったらどうかな？」

すみれが言うと、紀夫が不思議そうに尋ねた。

「あの……店って……」

「私ね、紀夫さんがいない間に、お友達とね、赤ちゃんのための、手作りの品を扱うお店をやってたのよ。生きていくためには働かなきゃいけないって……昔のまんまやいられなかったのよ」

「苦労かけたな……」

「苦労だなんて、ちっとも思うてないのよ。どちらかというと楽しくて……」

たくさんあったはずの苦労よりも、今のやりがいの方がすみれにとってはずっと大きかった。

「僕が帰ってきたんやから、もう大丈夫や」

そして紀夫は、五十八の方へ向き直った。

「留守の間、さぞかし、すみれとさくらの心の支えとなってくださったと思います。ほんまにありがとうございました。『坂東営業部』は、今、どないなっていますか？」

「……統合されてもうて、のうなってしもうたんや」

落胆している紀夫に、潔が力強く言った。

「だが、時代は変わる。変わらなあかん……これからや」

「……僕が、『坂東営業部』を復活させます」

そう決意を述べた紀夫に、五十八と潔は現状を話して聞かせた。

「今は潔くんとゆりが、復活に向けて動いてくれとる」

「わしらが、紀夫くんの帰りを待ちながらやってきたこと、やろうとしとることは、もう少しでなんらかの形になると思う。ええ土台を渡して、紀夫くんの力になれたらと思うとる。紀夫くんは、坂東家の当主やからな」

だが、自分がいない間に潔たちが会社の立て直しに取りかかっていたと知って、紀夫の心中は複雑なようだった。

ゆりは、一人で近江に行き、はなの若い頃と同じように働くことにしたとすみれたちに話した。すみれも喜代も心配したが、ゆりに迷いはなかった。

「やると決めたらやるだけ。やると決めたことがあることを、本当によかったと思うてるわ」

「紀夫くん、昔、はなは――」

五十八が創業当時のことを説明しようとすると、紀夫がそれを遮った。

「知っております。僕が坂東を継ぐとなったときに、これまでの『坂東営業部』の歴史を、正蔵さんから教わりました」

潔は、亡き父がそんなことをしていたと初めて知って、胸を熱くした。

「正蔵さんは……」

紀夫が尋ねると、五十八がつらそうに答えた。

「……亡《の》うなったんや。会社も統合されて、空襲を受けて焼けてなくなり……ゼロからのスタートや。幸い、潔くんがコツコツと頑張ってくれとる。ゆりもゆりで頑張っとる」

「ゆりお嬢様の頑張りは、もう……涙なしには語れん頑張りですわ……」

「忠さん、大げさやわ」

ゆりが笑って、場の空気が和んだ。そんな中、紀夫の表情がふと曇ったことが、すみれは気にかかっていた。

五十八たちが帰った後、さくらを寝かしつけたすみれは、紀夫に、出征前に使っていた懐中時計を渡した。紀夫は、針が止まってしまった時計をじっと見つめた。

「……列車の中で、いろいろ噂を聞いた。神戸が空襲を受けたことも、焼け野原になったことも……すみれとさくらが元気でいてるか、心配で心配で、生きた心地がしなかった。捕虜として収容所に入っている間……この先の見込みが一切立たんまま何か月も……すみれとさくらがいてくれたことが、どれだけ救いになったか……二人にまた会える日のことだけを考えて……」

聞いていているうちに、すみれは涙がこみ上げてきた。

「でも……この国は変わったなあ」

そう言ってまた、紀夫は手の中の時計を見つめた。

翌日、すみれは紀夫を、開店間近のキアリスへ案内した。さくらは紀夫に抱かれていたが、落ち着かない様子でもぞもぞとしており、紀夫はしかたなく、さくらをすみれに預けた。

すみれたちが店の前にいると、復員の知らせを受けて、故郷から紀夫に会いに来た五郎と富美の姿が見えた。

「父さん、母さん……」

「よう無事で……よう無事で……紀夫……」

富美は泣きながら紀夫にすがりついた。五郎は紀夫を見て、ただ黙ってうなずいた。

五郎たちと共にキアリスに入っていくと、紀夫とすみれは、大きな拍手で迎えられた。ゆりと潔、五十八と忠一郎と喜代、良子と君枝とそれぞれの夫と子供たち、そして明美と麻田、隅の方には栄輔もいた。テーブルには、皆が持ち寄った料理が並び、お祝いの準備が整っていた。五十八の音頭で乾杯をし、歓談が始まると、さくらが栄輔に近づいていった。慣れた様子でさくらを抱き上げる栄輔を見て、紀夫は戸惑った。

そこに、昭一と勝二が、紀夫に挨拶をしに来た。

「驚かれたんやないですか？　長いこと留守にしとる間に、まさか女房たちがね」

紀夫は、店に着いたときから感じていた疑問を口にした。

「心配やないんですか……？　女ばかりでこないなところを借りて、本格的な商売をやるなんて……それを男が笑って見てるなんて……僕にはよう理解できません」

紀夫の声は、皆に聞こえており、にぎやかだった宴の席に、気まずい空気が流れた。

生還祝いの会を終えてバラックに戻ると、すみれは紀夫に言った。

「あんなことを言うたら、みんな、嫌な気持ちになってしまうやない……」

「僕は心配してるんや。あんなええ場所、家賃かて高いのやろうし、失敗したらどないするつもりや」

「家賃は、相場よりだいぶ安いのよ。商店街の皆さんが、大家さんに交渉してくれたの。子連れの奥様方が集まることで、商店街もにぎやかになるならって……」

「すみれ、簡単に人を信用したらあかん」

思いがけない言葉に、すみれは驚いた。

「僕が働く。何か仕事を探さんとな……」

「え？　仕事を探すって……どういうこと？」

「『坂東営業部』は、潔さんに任せた方がええと思てるのや。潔さんとゆりさんかて、立派な後継者や。僕の出る幕はない」

やっと会えた紀夫との間に、通じ合えないものがあると知って、すみれはひどく戸惑っていた。

そんな中でもキアリスの開店準備は進んでいた。すみれたちは、あさや靴店から新店舗に荷物を運び、掃除をしてショーケースを磨き、店のレイアウトを考え始めた。

その日、仕事を終えて帰宅すると、すみれは紀夫のために風呂の支度をした。庭で五右衛門風呂に入る紀夫に湯加減を尋ねると、紀夫はしみじみと言った。

「こないにゆっくり入ったのは、何年ぶりやろな」

その一言からも、戦地での紀夫の苦労がしのばれた。

「あの、栄輔さんいう人……。どないな人なんや？　なんであの場にいてた？」

「潔さんのお友達なのよ。大阪にあった家が空襲を受けて、家族みんな亡くなってしまったって」

「ずいぶんとさくらは懐いてるようやが」

「そうね、ほんまにようしてもらって」

「……そないに信用せん方がええ。結局はどこの誰か、分からんやないか」

紀夫はまた、以前ならば考えられなかったような言葉を口にした。

「明日から、仕事を探す。僕が帰ってきたことで家計が苦しくなったら、元も子もないからな」

そう決意した紀夫だったが、いざ職探しを始めると、思うようにはいかなかった。途方に暮れて神戸の街を歩いていると、アメリカ兵と腕を絡ませた派手な日本人女性の姿が目に付いた。道端では幼い少年が靴磨きをし、物乞いをする傷痍《しょうい》軍人や、ただ無気力に座り込んでいる痩せ細った復員兵の姿があった。通りすがりの初老の男性が、復員兵をあざける言葉を紀夫は耳にした。

「ようもおめおめと生きて帰ってきたのう、敗残兵野郎が」

まっすぐに家に帰る気持ちになれず、紀夫は屋台に寄って、飲めない酒をなめた。すると、偶然通りかかった昭一と勝二が声をかけてきた。この街はすっかり変わり果ててしまったというのに、目の前の二人はにこやかにしている。そのことさえも、紀夫には不思議でたまらなかった。

「僕はまるで、浦島太郎ですわ」

「そうですね……わしも、戦地から戻って……日本は変わったとつくづく思いました」

しんみりと言った後、勝二はまた笑顔を見せた。

「ちょうど今、女房たちの店に行っとったところなんですわ」

「頑張ってましたよ」

昭一も明るい声で言った。

「なんで女房たちのすることを、笑いながら認めることができるんです？」

率直に疑問をぶつけると、昭一がこう答えた。

「変わらなあかんと思うからです。女房たちが、未来を見て動きだしとる姿を見て、変わらなあかんと思うたからです」

「……僕にはよう分かりません」

その晩、すみれは家でさくらを寝かしつけた後、キアリスの商品を縫い続けていた。そんなすみれを見て、紀夫がつぶやいた。

「すみれが働いていると聞いたときは、ほんまに驚いた」

「そうねえ……きっと、以前の私からは、考えられないわよね」

すみれは手を止め、紀夫のいない日々を振り返った。

「さくらが生まれて……家も焼かれて、預金も封鎖されて、何もかもなくなってしまった……。生きるためには働くしかなかったの。少しでも、できることをして、紀夫さんを待とうって……寂しい思いや不安や……いろんな思いがあったけど、淡々と、淡々と……自分に言い聞かせて……」

「そうやったか……。つらい思いをさせたな……」

「……悪いことばかりやなかったのよ。助けてくれる人もいたもの」

「それが栄輔さんか？」

「……栄輔さんもそうやし、麻田さんもそうねえ、明美さんだってそうよ。商店街の皆さんも」

「すみれ。もういっぺん言う。他人を信じるな」

「……寂しいことを言わないでよ」

「寂しい？　何を言うてるんや。人というのは、状況一つでコロリと変わるもんや。昨日まで隣で笑ってた人が、今日は冷たい顔を見せたりする。そういうもんやで。疑うことを知らんお前たちは、誰にとっても、ええカモや」

「待ってよ……どうして？　紀夫さん、変わったわ。前はそんな人やなかったやない……」

「収容所であんな思いをして……変わらん人間がいてたら知りたいぐらいや……。風呂に入るために、仲間が必要やった。寒いところにいると、洋服の一枚が命のように大事で……仲間がいなくて風呂に入ると、服が盗まれる。盗まれたもんは、凍え死ぬんや。仲間やと思うてたやつに裏切られて、服を盗まれ死んだもんもぎょうさんいた……死にゆく仲間から服を剝ぎ、靴を奪い取るもんもいた。自分の命が助かるためには、他人なんかどうでもええ……そういうもんやで、人間て」

あまりに凄惨《せいさん》な話に、すみれは言葉をなくしていた。

「これからは、僕が、すみれとさくらを守る。おやすみ」


キアリス開店の日の朝、出勤前のすみれは紀夫と喜代に声をかけた。

「紀夫さんも、喜代さんも来てね」

「もちろん、さくらお嬢様を連れて参ります」

「僕は分からん……。仕事の紹介をしてくれる知り合いに会うんや。決まるはずやから、場合によっては、そのまま仕事をするかもしれん」

そっけない紀夫を喜代がとりなした。

「おめでたい日なんですから、できたら、合間にでも帰りにでも、寄ったってあげてください」

「……できたらな」

そんなことがあったので、すみれは少々重い気分で出勤した。しかし店の前で良子、君枝、明美に会い、開店を知らせるポスターを見つめていると、やる気がみなぎってきた。

「いよいよやね……」

開店初日、キアリスは大いににぎわった。店内の一角で開いた明美のベビー相談室には行列ができ、明美が教えている内容を君枝がノートに書き記した。すみれと良子が、子供服を見ている母親たちの接客をしていると、潔と栄輔が来て、盛況ぶりに驚いた。

もちろん、時子たち主婦四人組も来ていた。綾子、文、千代子は、夫の戦死を知って以来ふさいでいる時子を励まそうと、明るく話しかけていた。

「時子ちゃん、これすてきやねー！」

文が言っても、時子は気がなさそうにうなずくだけだ。それでも、綾子が努めて明るく言った。

「ええねえ！　買われへんけど、ええねえ！」

「ここにある子供服、全部、型紙を売ってますよ」

良子がそう言ったとたん、時子の表情が明るくなった。

「え！　これも!?　大人のもあったらええのにね、オシャレでもしたいわ」

そんな会話に、潔がじっと耳をそばだてていた。

慌ただしい一日を終えて閉店時間を迎えると、潔が笑顔で言った。

「みんな、よう頑張った！」

店には喜代とさくら、勝二と龍一、昭一と健太郎、そして麻田も来ていた。

「型紙が大人気でしたねえ」

麻田が言うとおり、君枝のデザインから良子が起こした型紙は、よく売れていた。

「型紙のええところはね、楽しい時間までついてくるところやと思うの」

すみれの話に皆が聞き入った。

「私たちも、物を作るとき……誰かのことを考える……。昔は、お母さんのことを思って……。今は、これを着てくれる赤ちゃんのことを思って……。この型紙は、お母さんが子供のためを思う時間……それもついてくるのよ」

そのとき、店の表には紀夫がいた。当てにしていた仕事は断られたので、キアリスに立ち寄ってみたのだ。中に入りかけると、栄輔がさくらと遊んでいるのが見えた。栄輔に抱き上げられたさくらは、うれしそうに声を上げた。

「お父さん……」

大切な娘が栄輔をそう呼ぶのを、紀夫は聞いてしまった。衝撃で動けずにいると、店の中ではすみれがさくらを叱っていた。

「もう、さくらは……違うでしょ？　ほんまに栄輔さんが好きやねえ」

「好き」

さくらの屈託のない言葉が、さらに紀夫の胸をえぐった。紀夫はきびすを返し、店を後にした。

その後、さくらは店で眠ってしまったので、すみれと喜代が帰る際、栄輔がおぶって家まで送ってくれた。

バラックの中では紀夫が一人、横になって天井をにらんでいた。すると玄関から、すみれと栄輔の声が聞こえてきた。

「さくらちゃん、ええか?」

「ありがとう……」

「またな……」

栄輔は、眠っているさくらの耳元で優しくささやいた。聞いていた紀夫は、とっさに玄関に飛び出していくと、栄輔を殴りつけた。目を覚ましたさくらが火がついたように泣きだし、紀夫は自分のしたことが信じられず、茫然と握りしめた拳を見つめていた。

すぐに喜代が栄輔の怪我の手当てをした。さくらは泣き続け、すみれはひたすら謝り続け、黙り込んでいた紀夫も、すみれに促されてやっと頭を下げた。

「勘違いしてもうた……申し訳ありませんでした」

「何よ勘違いて」

すみれは怒りが収まらなかったが、栄輔は鷹揚《おうよう》に言った。

「勘違いは勘違いなんやろ。そないなこともあるって」


それからしばらくすると、潔は大阪で小さな雑居ビルの一室を借り、坂東営業部の新事務所を開くことにした。資金も準備もまだ不十分だと思ったが、かつての社員たちが復員し、また潔と働きたいと言ってくれたのだ。五十八にも背中を押されて、潔は決意を固めた。

事務所の開設の日には、坂東家の面々に栄輔、復員してきた社員の長谷川《はせがわ》、秋山《あきやま》、笹井《ささい》、そしてかつて取り引きをしていた工場主たちが集まった。ビルの表に潔が看板を取り付けると、拍手が沸き起こった。感激の面持ちの工場主たちは五十八を取り囲み、五十八は「後は頼むで！」と皆の肩をたたいた。

それを見ている紀夫に、潔が声をかけた。

「紀夫くん。わしは、これからは婦人服やと思うとるんや。女たちは、もっと気軽にオシャレしたいと思うとる。わしらは、『オライオン』を復活させて、なんとか土台を作りたい。ほんで、『坂東営業部』をかつてのように夢のある会社にして、紀夫くんに渡したいんや」

「……ありがたい話や……。そやけど、僕にその気はありません」

にべもない返事に、潔も五十八もゆりも、そしてすみれも衝撃を受けていた。

開店からしばらくたつと、キアリスの客足が途絶え始めた。型紙はなんとか売れていたが、ベビー服、子供服は売れ行きが思わしくない。家賃の支払い日が近いこともあり、何か対策を考えなくてはと、すみれたちは頭を悩ませた。

一方、坂東営業部は、麻のサマードレスの発売準備を始めていた。近江で奮闘していたゆりのおかげで、洋服向きの薄い麻が手に入ったのだ。若い新進デザイナーに発注したデザイン画は評判がよく、これまで着物で過ごしてきた女性の多くが、モダンな洋服に憧れを持っていることも分かった。あとは発売の際に、新聞に取り上げられるなどして注目を集めることが重要だと潔は考えていた。

小さな事務所で、潔とゆりと栄輔、そして三人の社員たちは頭をひねっていた。すると、ゆりが妙案を思いついた。

「ファッションショーよ。外国ではお披露目をするのに、当たり前のようにファッションショーをするって聞いたわ」

そのアイデアに、潔もすぐに賛成した。

「それや！　それやったら新聞社も呼べる！」


翌日、ゆりと栄輔が、ファッションショーの件を知らせに、キアリスにやって来た。

「『坂東営業部』の『オライオン』、復活のファッションショーなのよ。新聞社も呼んでのお披露目よ。それでね、協力してもらいたいのよ」

ゆりはサマードレスのデザイン画を見せて話を続けた。

「今から縫製工場に発注するのやけど、出来上がる前に、ファッションショーをやりたいのよ。夏物やし、時間をむだにしたくないの。みんなにショー用のドレスだけ、縫製をお願いできないかな」

どうしたものかとすみれが考えているうちに、良子が返事をした。

「やりたい！　だって、このデザインを型紙に落とせるんでしょう？　やってみたいわ！」

君枝も、勉強になりそうだと賛成した。

「……明美さん、どうかな」

すみれが尋ねると、明美はあっさり言った。

「私は別にええよ」

こうしてすみれたちは、坂東営業部のファッションショーに協力することになった。

紀夫の職探しは難航していた。紹介を頼める相手も尽きてしまい、紀夫は昼間から家でぼんやりと過ごすようになっていた。

そんなある日、五十八と忠一郎が、すみれたちのバラックを訪ねてきた。すみれと紀夫、さくらと喜代がそろって迎えると、五十八は、近江に帰ることにしたのだと切り出した。

「兄ちゃんの手伝いをしようと思うとる。ゆりと潔くんは大阪の事務所で寝泊まりや」

「お姉ちゃん、別人のように元気にしてたわ。あ、別人やないね、あれが本当のお姉ちゃんよね」

「自分の居場所を、見つけられるかどうかで、人生ゆうもんは大きく変わるもんなんや」

そう言って五十八は、紀夫の方に向き直った。

「紀夫くん。潔とゆりに、力を貸したってくれんか。紀夫くんがおったら――」

言いかけた五十八の言葉を紀夫が遮った。

「やめてください。僕が、何社から、何人から断られたと思ってるんですか……そないな人間に、力を貸してほしいなんて……」

「何を勘違いしとる！」

五十八の一喝に、紀夫もすみれも目を丸くした。

「わしは君に、坂東家の当主の座を託したんや。君に家督を譲るんだ。ゆりもすみれも、わしにとっては自分の命以上に大事な娘や。その娘を、君になら任せられると、子供の頃から見てきた君にならと、結婚して婿に入ってもろうた。わしが近江に引っ込むということは、君に本当に坂東家を託すということや」

五十八と紀夫は、互いに真剣なまなざしを向け合った。そして紀夫が口を開いた。

「……はい。家族のためにも、こんな毎日を続けているわけにはいきません。一刻も早《はよ》う、働きたいです」

五十八は深くうなずき、忠一郎は安堵の笑みを浮かべて言った。

「これで安心して近江に戻れますなあ」

すみれも、ホッとして笑顔がこぼれた。

早速翌日から、紀夫は坂東営業部の事務所に出社した。潔は、改めて皆に紀夫を紹介した。

「前にも会社におった坂東紀夫くんが、我が社へ戻ってきてくれました」

「少しでもお役に立てるように、頑張ります」

坂東家の当主にしては謙虚過ぎる挨拶に、皆が笑った。紀夫は、栄輔と目が合うと気まずそうに頭を下げた。栄輔の方も、慌てて深々とおじぎを返した。

その晩、さくらを間に挟んで川の字で床に就くと、すみれは紀夫に会社の様子を尋ねた。

「どうやった?」

「うん、まあ……やっていけそうや。これまで、苦労をかけた……」

「ううん……でも、これで安心よ」

「すみれには、仕事を辞めてほしい」

すみれが驚いて飛び起きると、紀夫も体を起こした。

「もう、働かなくてええ。商売は甘いもんやない。ええことばっかり考えて、夢見るのは簡単や。けど、働くことで、借金をしょい込むかもしれん。知らない人にだまされるかもしれん。家におればそんな目に遭うことはないんや。ファッションショーが終わったら、家に戻ってくれ」

あまりに唐突な話に、すみれは返す言葉が見つからなかった。

その翌日、ゆりと栄輔が、ファッションショーの打ち合わせのためにキアリスにやって来た。

「モデルを探してるの。苦労してきた女たちを、きらびやかに輝かせたい思うて」

それは、潔の発案だった。

「誰か心当たりある？」

「……ほんなら、時子ちゃんたちや、麗子さんたちや……」

明美が思い当たる人を挙げていったが、すみれは心ここにあらずという顔でぼんやりしていた。

それが気になって、栄輔は打ち合わせの後、すみれをあさや靴店に連れ出した。

「おう、栄輔くんやないか。どないした？」

麻田が尋ねると、栄輔は軽い調子で言った。

「ちょっと外してくれへんか」

「え？　私の店なんやけどな……」

麻田が奥に引っ込むと、栄輔は明るい声ですみれに言った。

「どないしたんや、すみれさんらしくないなあ。わしでよければ話聞くで～！」

「……ありがとう。仕事……辞めることになるかもしれないの。……紀夫さんに、ファッションショーが終わったら辞めてほしいと言われたの」

「……それはな、この仕事がすみれさんにとって、どんだけのもんなんかを、紀夫さんが知らんからやと思うで。知ってもらう努力をせな。自分の言葉で、伝える努力をせなあかんて。どうしたら伝わるんか、よーく考えるんや」

「……そやね」


次の日、すみれたちはキアリスに時子たち主婦四人組と麗子を呼んで、モデルを務めてほしいと頼んだ。

「いや、自信ない自信ない。新聞て……あかん、信じられへんわ」

慌てる時子たちに、明美が、縫い上がったサマードレスを見せた。

「せっかくこんなん着られるのになあ」

とたんに、時子たちの態度が一変した。

「すてき～！　やる！　やるやる！」

時子たちと違って麗子は、最初から、自信があると言い切った。

「それじゃあ、来週、お稽古があるので来てもらえますか」

君枝が頼むと、麗子は余裕しゃくしゃくで答えた。

「ええで、一人キレイな子連れてきたるわ。うちよりちょっと劣るけどな」

そこに栄輔が入ってきた。

「こんにちは。試作品、受け取りに来たんやけど」

ハンガーに掛かった服を運び出そうとする栄輔に、明美が声をかけた。

「手伝うわ」


店の表で二人になると、明美が栄輔に切り出した。

「言うておきたいことがあるんやけど。あんた、あの子のことが好きなんやろ」

「なんやろ……あの子て誰やろな……」

「ごまかさんでええわ。紀夫さん、帰ってきたんやで。家族は大切にせな」

「その家族のことで……悩んどるのや、すみれさんは」

「うちからしたら、悩める家族がおるだけでも羨ましいけどな」

栄輔は、明美と同じ気持ちを抱えており、それを言い当てられたようでドキリとした。

「……あんた、家族は？」

「……死んだ。空襲で……父ちゃんと母ちゃんと、妹が……」

「そやったんか……。寂しいなあ。でも、その思いは、心にしまっとき。しまいきれんようになったら……そんときは相談に乗る。『ベビー相談室』でな。ちゃんと順番守って、お母さんたちの後ろに並ぶんやで」

真顔で言う明美がおかしくて、栄輔は笑ってしまった。笑うと少し、気持ちが軽くなった気がした。

「分かったわ」

次の週に、キアリスでファッションショーの練習が行われた。坂東営業部とキアリスの面々がそろい、モデルの時子たちと麗子はサマードレスを身に着けた。麗子の化粧があまりに濃過ぎたり、ジャズのレコードに合わせて踊りながら歩いてみるように言われた文が、日本舞踊を踊りだしたりと、てんやわんやの中、ゆりは、すみれたちに頼みがあると言いだした。

「みんなもモデルして。『キアリス』も紹介できるし、ええやろ？　歩くだけでええから」

すみれが返事をしないうちに、話を聞いていた紀夫が不愉快そうに表に出ていった。

そこに、麗子の〝美人の友達〟が現れた。麗子と同様、派手な身なりの女性を見て、君枝と良子が仰天した。やって来たのは、女学校時代の同級生の悦子だったのだ。

悦子の方も良子たちに気付いて驚いた。

「あらあ？」

「悦子さん！　麗子さんのお友達って、悦子さんやったのね」

すみれにとっては、悦子が勤めるキャバレーの前でばったり会ったとき以来の再会だった。あのとき、空襲で家族を失い、夫も戦死したという悦子は、一人残された娘のために生きなくてはいけないのだと力強く語っていた。

「ここ、あんたらの店なの？」

店内を見渡して、悦子が言った。

「やるやないか、ちくちくお裁縫がご趣味の手芸倶楽部。……ええ場所見つけたね」

悦子の言葉で、すみれは確信した。キアリスは、やっと見つけた自分の居場所なのだと。


ショーの前夜、坂東営業部の事務所で、潔が紀夫に書類を手渡して言った。

「明日のファッションショーに来る新聞社に配るもんや。趣旨や詳細が書かれとる。話聞かれたらうまいことお願いな」

「僕が？　あかん。潔さんの役目や。こんなん苦手や。潔くんなら分かるやろ」

慌てた紀夫は思わず、子供の頃に戻ったように〝潔くん〟と呼んでいた。

「……分かるわ。紀夫はこんなん苦手やな」

潔の方も、兄のように紀夫に接していた子供時代を思い出して返事をした。

「……ずっと思ってたんや。紀夫くんとわしは、五十八さんとうちの親父みたいになれそうな気がするってな。わしは誰が坂東家を継いでも、支えると決めとった。でも、戦地で、すみれさんと、あの紀夫くんが結婚したと聞いて……ほんまにうれしかったんやで」

潔はそう言って笑顔で去っていった。

一人残った紀夫は、渡された書類を思案顔で眺めた。潔の気持ちはうれしいが、まだ「五十八と正蔵のようになる」というほどの覚悟は持てなかった。書類のページをめくっていくと、明日のショーのモデルの名前が並んでいた。その中には、「坂東すみれ」の名前もあった。

翌日の朝食の席で、すみれは喜代に、ファッションショーでモデルを務めるという話をした。

「素人がそろって……どんなことになるか」

すみれは不安だったが、喜代ははしゃいだ調子で言った。

「さくらお嬢様！　楽しみですねえ」

きょとんとした顔のさくらを見て、思わず紀夫がつぶやいた。

「かぁいらしいなあ」

すると、さくらが紀夫に向かってにっこりと笑った。

「笑った！」

初めて娘に笑いかけられて紀夫は大喜びし、さくらを抱き上げた。ようやく慣れてきた様子の娘と夫を、すみれはほほ笑ましい思いで見つめた。


ファッションショーはホールを借りて行われた。すみれたちが支度を整え、舞台裏で緊張しながら待機していると、ゆりがやって来た。

「モデルさん、あと二人いるの。すみれたちの前に出るから」

会場には新聞記者と、若い女性たちが集まっていた。女性たちのほとんどがもんぺ姿だったが、皆、最新のファッションに興味があるのだろう。喜代とさくら、勝二と龍一、昭一と健太郎、時子の父の時久の姿もあった。

音楽が流れ始め、最初にステージに現れたのは、時子たち四人組だった。しゃれたサマードレス姿で笑みを浮かべた時子を見て、時久は涙ぐんだ。

続いて登場したのは麗子と悦子だ。とたんに、男性たちの歓声が上がり、二人は本職のモデル顔負けの堂々としたウォーキングを見せた。

次のモデルは、近江の本家からやって来た節子と静子だった。ゆりは、洋服作りに適している薄い麻を手に入れるために本家の力を借りており、節子と静子にも試作品への意見をもらっていた。

節子は意気揚々と歩きだしたのだが、そのとたんに電気がショートして明かりが消えてしまった。長谷川たちが急いで電源を入れ直すと、ライトの真ん中に、不愉快そうな節子の姿が現れた。節子は慌ててよそ行きの笑顔を作り、静子と共にステージ上を歩きだした。

最後に登場したのはキアリスの四人だった。勝二も昭一も、客席から妻たちに大きな声援を送ったが、紀夫だけは不機嫌な顔で見つめていた。

ショーのフィナーレには、モデルたち全員がステージ上にそろった。盛大な拍手の中、ゆりのアナウンスが流れた。

「今日のモデルの皆さんです！　それぞれのグループのリーダーから一言お願いします」

突然のことに慌てながらも、まずは時子が前に出た。

「えと、あの、商店街の主婦です……子育て頑張るぞー！」

続いて節子が笑顔で挨拶をした。

「近江からやって参りました。坂東節子と申します。こちらは嫁の静子。次のショーにも呼んでください」

麗子も、はじけるような笑顔で言った。

「楽しかったわ〜、おおきに！」

すみれは前に歩み出ると、客席の中に紀夫を探した。なんとかその姿を見つけると、すみれは夫を見つめて話し始めた。

「私たちは、神戸の商店街でベビー用品と子供服の『キアリス』というお店をやっております。戦争中、夫が出征し、赤ん坊と二人残されました。家も焼かれました。それでも生きていかなければなりません。自分は何ができるだろうと考えて、今のお店を始めることになりました。やっと……やっと夫が帰ってきてくれました。少しは生活に対する不安も少なくなりました。だからこそ、私は気が付いたことがあります。それは……お店が、自分の人生の喜びになっているということです。お客さんであるお母さん方や赤ちゃんたちの日々を手伝うこと、それを続けてゆくことは、私の、一緒にいる仲間たちの夢なのだと思います。世の中にはいろんなことがあるけれど、仲間がいれば、大きな力が生まれること……一人ではできないことも、仲間と一緒ならできること……女性も、そんな夢を見ることができる世の中になればと思っています。人を信じることの豊かさと、夢をかなえていく姿を……私は、娘に見せてやりたいです」

じっとすみれを見つめていた紀夫が、かすかにうなずいた。それを見て、すみれの顔に笑みが広がった。

すみれに大きな拍手が贈られる中、栄輔は静かに席を立ち、会場を後にした。

無事にショーが終わり、潔が事務所に戻ると、栄輔が荷物を手に出ていこうとしていた。

「おう、どないした?」

「……アニキ……もしアニキに会えんかったら、どないなっとったやろうな……。アニキのおかげで生きる希望が持てた。そやけど……一生誰かに仕える人生は嫌なんや」

栄輔のただならぬ様子に、潔は不安を覚えた。

「いつか……『アニキのおかげで今がある』と、言えるようになりたいわ」

「どうしたんや？　なんかあったのか」

「いや、今日はファッションショーやったろ。特別な日やったから……なんや伝えとうなってな」

そう言って栄輔は事務所を後にした。そして、この日を境に姿を消してしまった。


すみれと紀夫は、ショーの後、二人でキアリスに行った。紀夫は店内を隅々まで見回した。

「すみれの気持ち、よう分かった。自分だけ、浦島太郎のような気になってたけど……それではあかんのやな……」

やっと、本当に紀夫が帰ってきてくれた気がして、すみれはしっかりと抱きついた。

「ありがとう……約束どおり、私とさくらのところに帰ってきてくれた……」

紀夫は黙ってすみれを抱き締めた。


その晩、すみれとさくらが眠ってから、紀夫は懐中時計のねじを巻いてみた。止まったままだった時計が、また時を刻み始めた。

愛する妻と娘の寝顔を見つめながら紀夫は思った。これから三人で、未来に向かって歩いていくのだと。

## 第9章

# 始動！ キアリス

終戦から三年が過ぎた昭和二十三年の夏。すさまじいインフレや社会の仕組みの激変を経て、七月には預金封鎖も解除され、人々の生活は少しずつ明るい方向に向かい始めていた。後に〝団塊の世代〟と呼ばれる人たちが生まれたのはこの頃で、日本は第一次ベビーブームを迎えていた。すみれと紀夫、さくら、喜代は、バラックを建て増しした家に暮らしていた。さくらは少々甘えん坊だが、愛らしい四歳の女の子に成長していた。

良子と勝二、龍一は、バラックから小さな家に引っ越しをしていた。君枝の家は進駐軍に接収されたままで、昭一、健太郎、琴子と共に、別棟での生活を続けていた。明美も以前と変わらず、あさや靴店の二階の部屋を借りていた。

すみれが仕事に出ている間、さくらの世話は喜代が引き受けている。君枝は昼間、健太郎の世話を義母の琴子に頼んでいるが、良子は龍一を連れて出勤していた。

キアリスは、足立武《あだちたけし》という住み込みの従業員を雇い始めていた。武はまだ十五歳で、宮崎のメリヤス工場の息子だ。潔の紹介で働くことになり、店の奥の部屋に住んで、掃除やお茶くみ、戸締まりなどの雑用を一手に引き受けている。

ある日、五十代半ばぐらいの女性客が、孫へのプレゼントを買いにキアリスにやって来た。女性は子供用のシャツを広げてすみれに尋ねた。

「ねえこれ、どうしていちばん上のボタンホールだけが横向きなの？」

「横向きですと、襟元がずれにくいんです。だらしなく見えない工夫です」

「ワンピースは全部横向きなんやねえ」

「ええ、かがんだり動いたりしても、横向きだと縦向きより外れにくいんです」

すみれの説明に、女性はしきりに感心していた。そして会計を済ませると、一枚のカードをすみれに見せてきた。そこには、リスとクローバーのイラストが描かれていた。

「わぁ！　あの、二年前のファッションショー、見に来てくださったんですか？」

「ええ、主人と一緒に」

坂東営業部が婦人服の発表のためにファッションショーを開いた際、すみれたちは来場者にキアリスのショップカードを配っていたのだ。君枝がデザインを描き、皆で手作りしたものだった。

「リスのマークの『キアリス』、覚えてたわ。ずっとしまい込んでたんやけど、神戸に来たときにはぜひに、と思うて」

女性客が帰った後、すみれは良子たちに新しいアイデアを話した。

「なんか……なんかな……包装紙を作ったらどうかな？」

今使っている包装紙は、無地のそっけないものだ。先ほどの女性のように贈り物を買いに来る人もいるのだから、見直した方がいいとすみれは思った。

「あとね……、一点一点に、『キアリス』の名前を付けたいの。私たちが作った肌着やお洋服ですって……」

良子も君枝も明美も、どちらの案にも大いに賛成した。


この日の夜、潔と紀夫は、五十八の代からつきあいのある大急《だいきゅう》百貨店の社長・大島保を料亭に招いて接待した。紀夫はふだん、接待の席に出ることはない。会社では、几帳面な性格を生かして経理を担当しているのだが、いずれは経営者になるという自覚を持たせるため、そして得意先に顔を売るためにと潔が考えて、同席させたのだった。

潔は、大島に酒をつぎながら言った。

「なんとかもう一度、『大急特選』マークを取り戻すことが、『坂東営業部』の今いちばんの目標なんです」

大急百貨店から品質を認められた商品は、「大急特選」というマークを付けることを許され、売り場が与えられる。戦前の坂東営業部はそのマークを付けて、大急で商品を販売していた。

「そやなあ、『オライオン』がまた紳士服に戻ってくれるなら、いつでもやれる。だが、婦人服となると、また一からやな」

「婦人服で勝負がしたいんです。デザインもモダンさも、紳士服より断然面白いはずです」

「まあ、ゆくゆくやな」

「ゆくゆくやなんておっしゃらずに」

「それやったら、売れる仕掛けを考えて、持ってきてくれ。どっこもやってないような、新しい仕掛けや」

「……はい」

返事はしたものの、潔に何か具体的な策があるわけではなかった。

「社長、正直、今、大急の方から取り引きしたいと思うてる店はあるんですか？」

「……実は一軒だけあるんだよ。どうしても、うちに来てほしい店が」

そう言って大島は、ポケットからカードを取り出した。潔と紀夫は、そろって声を上げた。

「……え⁉」

カードにはリスとクローバーの絵が描かれていた。二年前のファッションショーですみれたちが配った、キアリスのショップカードだ。

「女房が言うんや。間違いなく、ええ店やって」

今日キアリスで孫へのプレゼントを買っていった女性は、大島社長の夫人・いつ子《こ》だったのだ。

「この店を……大急に出店させたい……ゆうことですか？」

「ああ」

「……わしらが間を つなぎます。なあ、紀夫くん」

「……はあ」

そんなことが起きているとも知らず、すみれは、家でいつもと変わらない夜を過ごしていた。

さくらを寝かしつけて台所に向かうと、喜代が疲れた顔でため息をついていた。

「なんですやろ、年を取ったんですかね」

「あまり無理をしないでね……」

そんな話をしていると、玄関から大きな音がした。慌てて二人が出ていくと、泥酔した紀夫がひっくり返っていた。すみれが起こそうとすると、紀夫のポケットからキアリスのショップカードがのぞいていた。

「なんで紀夫さんが？」


翌日、キアリスは新聞の取材を受けることになっていた。ベビーブームの真っただ中ということで、子供向けの商品を売るキアリスが紹介されることになったのだ。

「ぎょうさんのお客さんが『キアリス』に来るようになったきっかけゆうのは」

記者の質問に、君枝が緊張しながら答えた。

「あ、あ、それは、『ベビー相談室』よね？」

「え、あ、あ、あ、そうよ、そうそう」

良子もしどろもどろだったが、すみれは比較的落ち着いていた。

「明美さんの知識があったからできたことなんです」

「そうですか、しかしお母さんたちの力はすごいなあ……よし決まった！　見出しは、『ベビー子供服キアリス、生みの親はお母さんたち！』　これでどないでしょう!?」

「あ、うちはちゃいます」

明美が言うと、記者が意外そうな顔をした。

「みんなは結婚して子供がおるけど、うちは独身なんです」

最後に、「キアリス」という店名の由来を話して、取材は終わった。

新聞記者とカメラマンが帰っていくと、君枝は、包装紙のデザイン画をすみれたちに見せた。

「どうやろ。こんなふうに、リスがいっぱいいてね……」

「すてき！」

すみれたちは一目でそのデザインが気に入った。さらに君枝は、商品に「キアリス」と記したタグを付けた場合の絵も描いてきていた。

「こういうのを一点一点に付けたらどうかなと思うて」

それを見ながら皆で盛り上がっていると、潔と紀夫が、大急百貨店の話をしにやって来た。本当は前の晩のうちに、紀夫からすみれに伝えるはずだったが、酔い潰れて、それどころではなかったのだ。

「百貨店の大急は知ってるやろ？　あの大急が、その大急が……紀夫くん、続きは君が」

潔がもったいぶったことを言うので、すみれたちは何ごとかと紀夫を見つめた。

「……いやあの……あの大急が、その大急が……『キアリス』の商品を扱いたいと言うているのです！」

紀夫にしては大仰な口ぶりだったが、すみれと良子と君枝は至って反応が薄く、驚いたのは明美だけだった。

大急百貨店から商品を扱いたいと言われるのは大変なことらしいと、すみれたちが分かったのは、その日の夜、それぞれの家に帰った後だった。昭一も勝二も、妻から話を聞くと、同じような反応をした。

「はっ⁉　あの大急が⁉　君らに……あの大急がか⁉」

紀夫も帰宅後、もう一度すみれに念を押した。

「あの大急やで⁉　今頃、勝二さんも昭一さんも、びっくりしてるやろなあ」

「そうねえ……大急さん、昔はよう、注文取りに家に来てくれたわ」

お嬢様育ちのすみれたちにとって、大急百貨店は幼い頃から身近な存在であり、夫たちのように、一流企業から取り引きを申し込まれたと大騒ぎする気持ちにはならなかった。

「大変なことだとは分かっとるのか？」

「分かってるわよ。もしも、本当に出すなんてことになったら……子供たちはどうするんやろうって。喜代さん、年を取ってきたと思わない？　さくらの面倒を見るのも、しんどいんやないかな……」

「……勝二さんと昭一さんに、明日いっぺん集まれんか、連絡しておくわ」

翌日、会社帰りの紀夫、勝二、昭一がキアリスにやって来た。紀夫は昭一と勝二に、偶然大急の社長と会った際に今回の話が持ち上がり、自分が間に入ると約束したのだと説明した。

「それやったら安心や」

「紀夫さんに任せたらよろしな」

すっかり話がまとまったと思っている様子の夫たちに、すみれが言った。

「でも……まだ何も決めてないです。昨日聞いたばっかりやし……」

戸惑う紀夫と勝二を、昭一がとりなした。

「……まあ、確かに何がなんやらという感じでしょう……ほな、まずは……経理の方はどないなってるんですかね」

すみれは、いつも付けている帳面を紀夫に手渡した。そこには「売れた月日」「売れた品物名」「値段」「買ってくれた人」といった項目が並び、売れた数が正の字で記されていた。紀夫は、しばし絶句した後、すみれたちに尋ねた。

「……ほかには。商品の在庫数とか、材料の在庫とか、仕入れ値とか、いろいろあるやろ」

帳面に記してはいないが、おおよそのことは自分たちで把握できているので、問題ないとすみれたちは思っていた。だが、紀夫たちにとっては考えられないことだった。

「……君たちは本気で商売をやってるのか」

「私たちはいつでも本気です。手を抜いたことなんてありません。いい物を作ることだけを考えてやってきたんです」

「こんなことやったら、本格的な商売として百貨店に入るなんて無理や」

紀夫に決めつけられて、すみれはすっかり腹を立ててしまった。

「それやったら……そこまでしなくても」

すみれの言葉に、良子たちもうなずいた。

「断ります」

「ほんまに、ええんやな？」

紀夫に念押しされても、すみれたちの気持ちは変わらなかった。


その後、紀夫、勝二、昭一は屋台に行き、酒を飲みながら妻たちへの愚痴を言い合った。

「簡単に、あの大急の話を蹴ろうやなんて」

と、優しい性格の昭一が、珍しくいらだっていた。

「何が腹が立つって、あの執着心のなさですよ」

紀夫が言うと、勝二も熱くなって賛同した。

「そう！　そうです！」


その頃キアリスでは、仕事を終えたすみれたちが店を後にしようとしていた。

「あ、これどなたか忘れ物です」

武が写真ケースを持って追いかけてきた。

「あ……それ……」

すみれが言うと、明美が振り返った。

「うん……いつかもろうたやつ……」

それは、ベビーショップあさやを始める以前、すみれが明美に贈ったもので、中には明美と亡き母・マツの写真が入っていた。

「お母ちゃん、喜ぶやろなあ……うちが新聞に載るなんて」

明美がこんなに素直に気持ちを口にすることは珍しい。それだけに、すみれも取材を受けてよかったと改めて感じていた。

　翌朝、キアリスの面々は店で新聞を広げ、自分たちの記事を読んだ。見出しには『ベビー子供服キアリス、生みの親はお母さんたち』とあり、『実際の子育てから生まれた知恵を基に、子供服作り』『女学生時代の同級生たち』といった文言が並んでいた。驚くことに、記事の中には、四人の中で明美の名前だけが載っていなかった。

　すみれも良子も君枝も茫然として黙り込んでいると、明美が言った。

「一人独身が交じってるよりも、全員母親言うた方がよかったんやろな。うちはこれっぽっちも気にならんから、あんたらも気にせんとってな」

　平静を装っていても、明美は傷ついているに違いない。前夜の、母を思う明美の言葉を思い出し、すみれの胸の中は、怒りとやりきれなさ、そして申し訳なさでいっぱいだった。


　紀夫は、キアリスの大急百貨店への出店をまだ諦めていなかった。夜、自宅でさくらを寝かしつけたすみれに、紀夫は思《お》い切って切り出した。

「今日、大急の担当者に会うて、時間が欲しい言うてきた。もういっぺん、考えてみる気はないか？　僕の立場いうのもあるけど……それは置いといて……もっとたくさんの人に使《つこ》うてもろうたり……そっから、いろんな可能性が広がるんやないかと思う」

　キアリスと大急百貨店の間を取り持つことは、坂東営業部の今後にもプラスになる。だが紀夫は、そのためにすみれを説得しているのではなく、キアリスの将来を真剣に考えていた。

紀夫の気持ちを受け止めたすみれは、「可能性」という言葉に心を動かされていた。

翌日、キアリスの面々とタグ作りをしていたすみれは、ふと手を止めた。そして、懸命に作業をしている明美を見つめた。そうするうちに、すみれの心が決まった。

「あの……みんなに、話があるんやけど……」

君枝、良子、明美、武が一斉にすみれの方を見た。

「やっぱり、大急にお店を出せたらなと思うんやけど……。新聞記事に……四人のお店だってことがちゃんと書かれてなくて……私は悔しかった……。四人のお店を、明美さんの知識と四人の思いがちりばめられた商品を、もっとたくさんの子供たちや赤ちゃんに使ってもらえたら……もっともっと知ってもらえたらって、思うたの。でも……それはきっと……私だけやないよね？」

良子も君枝も、しっかりとうなずいた。明美は、そんな仲間たちをうれしそうに見つめていた。武は、感激してポロポロと涙を流していた。いつ子が持ってきたショップカードの件や新聞の取材を通して、武はこれまでのキアリスの道のりを知ったばかりだった。新聞の件では、明美の無念さも目の当たりにした。それだけに、すみれたちの決断に胸を打たれたのだった。

その日のうちにすみれは坂東営業部に行き、大急百貨店への出店の意志を伝えた。紀夫は、「そういうことなら、任せろ」と力強く言ってくれた。

次の日の夕方、キアリスの包装紙が完成した。リスの絵と店名が印刷された包装紙を見て、すみれたちが歓声を上げていると、紀夫、昭一、勝二が店に入ってきた。改めて、皆で大急百貨店の件を話し合うために集合したのだ。

明美は、店の隅で龍一の面倒を見ていた武に声をかけた。

「タケちゃん。あんたもこっちへ来て、話聞いとき」

「ハイ！」

こんなことは初めてだったので、武は緊張の面持ちで輪に加わった。

「まず、大急側は、ショーケースを二つ用意すると言うてる」

紀夫が説明を始め、夫たちが中心になって話を進めていった。今後は、生地や材料の安定した仕入れが必要になる。下請け工場も探して、生産ラインを構築しなくてはならない、と夫たちは言った。だがこれに、キアリスの面々は納得できなかった。今までは全ての商品を自分たちで作ってきたため、見ず知らずの誰かに任せることには抵抗があった。

「あ、時子ちゃんたちは？　時子ちゃんたちがやってくれるなら、安心できるわ」

すみれの提案に夫たちは、素人に任せるのかとあきれていたが、良子たちは賛成し、早速時子たちに話をしようと店を出ていった。


夫たちはこの日の夜もまた、屋台に飲みに行った。三人には、すみれたちのような考えで、これまで経営が成り立ってきたこと自体が信じられなかった。

「いい物を作ってるのも、思いがあるのも確かですけど、それにしても……」

紀夫が言うと、昭一が表情を引き締めた。

「そやけど、これからはそうはいきません。わしらが手綱を引かな」

と、勝二も賛成し、これからは気軽に三人で集まろうということで話がまとまった。
「『男会』の結成ですな」

翌日、すみれたちは、時子たちをキアリスに呼んで、ベビー服の作り方やミシンの使い方の指導を始めた。

「最初はいろいろ覚えることがあって大変かもしれないけど……落ち着いたら、家事をやりながら交代交代でできるようになると思うの」

すみれの説明を聞いた時子が言った。

「私、うれしかったんよ。今はお父ちゃんがおるけど……将来は自活せなあかんて考えてた。子供のためにもね。手に職を付けて、女一人でも、ちゃんと生きていけるように頑張りたい」

皆が話をしているそばでは、龍一がはしゃいで駆け回り、武がその後を追いかけていた。

「龍ちゃん、そんなに走ったらあかんよ」

時子は、走り回る龍一を見て、すみれたちに尋ねた。

「子供たちはどうするの？　今までより、忙しくなるんやから、連れてくるいうわけにもいかないんやない？」

すると千代子が、耳寄りな話を教えてくれた。

「お友達で、保育所に預けてる人がおるよ」

良子は身近に子供を見てくれる人がいないし、すみれは喜代の体調が心配になってきたところだ。君枝は、健太郎を琴子に預けたきりでいいのかという不安があった。熱心に世話をしてくれるのはありがたいのだが、琴子は君枝を差し置いて健太郎を独り占めしたがるのだ。

そこで三人とも、とりあえず短期間の預かりを保育所に頼むことにした。


翌朝、さくらを連れたすみれと、龍一を連れた良子は、店の前で君枝と健太郎の到着を待っていた。皆で一緒に保育所に行く約束になっていたのだが、遅れて駆けつけた君枝は一人だった。

「……うちはあかんかった。お義母様が離さなくて……」

前の晩、昭一と君枝が保育所の話をしたとたん、琴子は、「私になんの不満があるの」と嘆き、同じ年頃の子たちとも過ごさせたいという君枝たちの意見に、耳を貸さなかった。

すみれと良子が子供たちを連れて保育所に行くと、園長と保母がにこやかに迎えてくれた。教会が運営している保育所なので、園長はシスターだった。

龍一は全く物おじせずに園内に入っていって、保母を驚かせた。一方さくらは、不安そうにすみれを見つめていた。

「お友達がいっぱいおるよ。楽しく遊んでね。お母さん、迎えに来るからね」

すみれも内心は心配でたまらなかったが、涙目のさくらを置いて保育所を後にした。


その後、すみれは武と一緒に坂東営業部へ向かった。紀夫も立ち会って、大急百貨店の担当者の小山《こやま》と、初めての打ち合わせをするためだった。

四人で机を囲んで挨拶をすると、小山は早速話を進めた。

「こちらが売り場の図面です。キアリスさんにはこちらでショーケース二つ分の商品をお願いしたいと思うてます。こちらが売り上げ予想になります」

差し出された書類を見て、すみれは仰天した。

「え！　こんなに！　桁が……」

だが、小山は平然としていた。

「うちは大急ですから。見本品は、持ってきていただけましたか？」

武が、見本の入った風呂敷包みを開け、すみれがベビー服や肌着、子供服を並べてみせた。小山は、一つ一つに付いているキアリスのタグを見て言った。

「これは……。お手間ですが、全部、外してもらうことになります。その代わり、『大急特選』のマークを付けることができます」

とたんに紀夫が、はしゃいだ声を上げた。

「ほんまですか？　すごいなあ、すみれ！　こないな名誉な話……いやあ、ほんまによかった！」

すみれが戸惑っていることに、紀夫は全く気付いていなかった。

「近いうちにお店の方にお邪魔して、一緒にやってる方たちにも詳しいことをお話しできればと思います」

小山が言うと、紀夫は上機嫌で返事をした。

「それでは、皆さんのご主人たちもお呼びしときます。よろしくお願いします」

すみれと武が店に戻ると、良子、君枝、明美は商品を縫ったり、タグ付けをしたりしていた。

「あ、おかえり！　どうやった？」

君枝に尋ねられ、すみれは、もやもやとした気持ちで答えた。

「うん……。『大急特選』のマークを付けてほしいって……。名誉なことらしいけど……『キアリス』の名前やなくなるということやから……」

とたんに良子たちは不満をあらわにした。紀夫には全く伝わらなかったすみれの違和感を、仲間たちは即座に感じ取ってくれたのだ。


大急百貨店への出店に疑問を感じ始めたすみれは、実際に売り場を見てみようと決めた。

大阪の大急に行き、キアリスの売り場となる場所に向かった。すると店員が、書類を見ながら値下げ品のワゴンに並んだ商品を次々に手に取り、両手いっぱいに抱えてどこかに運んでいく姿が目に付いた。とっさにすみれは、その後をついていった。

店員はバックヤードに入ると、「処分」と書かれた箱に商品を積み上げた。ひそかにのぞいていたすみれは、売れ残った商品がここに集められ、処分されるのだと知ってショックを受けた。


その後すみれは、保育所にさくらを迎えに行った。良子と一緒に中に入っていくと、さくらが走ってきて、すみれにしっかりと抱きついた。

「さくら、今日はどうやった?」

「寂しかった……。そやけど、お友達と遊んだよ」

「そう、よかったねえ」

龍一は、園長に連れられて良子のところへやって来た。

「龍ちゃんッ！」

龍一が頭に包帯を巻いていたので、良子は悲鳴のような声を上げた。

「どうしたの？　誰がこんなこと……」

すると、園長が冷静に答えた。

「自分で暴れてぶつけたんです」

「痛かった？　かわいそうに……」

涙ぐんでいる良子に向かって園長が言った。

「すみません……うちでは龍一くんはお預かりできません」

あまりに暴れん坊で聞き分けがないため、龍一は入園を断られてしまった。良子は納得がいかず、夜、仕事から帰った勝二を相手に不満を口にした。

「保育所は子供を預かるところやのに、それを断るって……」

「それはよっぽどゆうことやろ……」

そんな二人の会話も、はしゃぎ回る龍一の声にかき消された。

「少し黙らせなさい」

勝二に言われて、良子は龍一に呼びかけた。

「龍ちゃーん」

いつもと変わらない優しい口調なので、龍一は叱られているとも思わず、騒ぎ続けた。

「龍ちゃーんやないやろ……。甘やかし過ぎや。叱るときは叱らんと、ロクなもんにならへんぞ」

「そんなことおっしゃるなら、あなたが叱ってくれたらええやないですか……」

そこで勝二は大声で龍一をどなった。

「龍一！　今話しとるんや、静かにせえ！」

走り回っていた龍一がぴたりと動きを止め、黙りこくった……かと思うと、激しく泣きだした。

そのとたんに良子まで涙ぐんだ。

「恐かったねえ、大丈夫？」

龍一は泣きながら良子に抱きついた。

「ごめんね龍ちゃん……」

そんな妻の対応にあきれて、勝二は部屋を出ていってしまった。


さくらは正式に保育所に入ることになり、翌日から喜代が送り迎えをすることになった。だが、龍一は、引き続き良子に連れられてキアリスに来た。この日も龍一は店の中ではしゃぎ回り、あまりの騒がしさに、商品を見ていた客が帰ってしまうほどだった。その様子を、小山との打ち合わせのためにやって来た勝二も目にした。

良子は、接客をしていたすみれと君枝に、泣きそうな顔で謝った。

「ごめんね、ごめんね、ほんまにもう……」

「良子ちゃん、ええよそんなに……」

すみれがなだめていると、紀夫と小山、昭一もそろった。小山は、初対面の勝二と昭一に挨拶をして名刺を渡したが、良子、君枝、明美には視線さえ向けなかった。

打ち合わせが始まっても小山の態度は変わらず、まるで男たちだけで商談が進められているような雰囲気だった。小山はキアリスの商品に『大急特選』のマークを付けることの利点をとうとうと語った。

「まず、大急がキアリスさんから商品を買い取るということになります。そやから、そちらさんが、商品の入れ替えや、売れ残りをどうするか等々考える必要がありません。こちらが発注した商品だけを、納品してくだされればよろしいんです。季節ごとの売れ筋の予測も、売り上げの予測も、経験に基づいて出しますので。売り子もこちらで用意します」

話を聞けば聞くほど、すみれたちの違和感は強くなっていった。しかし夫たちは、さすがは大急だと感心してばかりいた。

「お預かりした見本についてですが、ちょっと手間がかかり過ぎですねえ」

そう言って小山は、すみれが渡した見本品の肌着を取り出した。そこには、ペンで乱雑に印が付けられていた。大切な商品をそんなふうに扱われたことに、すみれたちはショックを受けた。

「もう一工程、二工程、減らしても品質は変わらへんと思います。その分、量産できるやろし。訂正提案箇所が二十項目ぐらいありますので――」

「待ってください」

耐え切れずに、すみれが口を挟んだ。

「なんか……なんかな……そんなことをしたら……私たちの作る『キアリス』の物やなくなります。私たちが作った肌着やお洋服が……『キアリス』の物やなくなるなら……この話は、全部、なかったことにしてください」

きっぱりとすみれは言い、良子たちも納得の表情で聞いていた。小山は、怒るやらあきれるやらしながら席を立った。店の表まで送りに出た紀夫は、ひたすら頭を下げ続けた。

「ほんまに申し訳ありませんでした……」

「うちの社長は、何がなんでも、『キアリス』さんと契約したいと言うてるんです……うちは大急ですよ。頼みますよ、坂東さん」

「はい」

紀夫は店内に戻ると、すみれを責め始めた。

「何を考えてるのや……。なんで先方の前で突然あんなこと……あちらは破格の好条件を出してくださってるのやぞ？　どんなに名誉なことか……少し考えてからでも……」

「考えても、変わらないと思ったの。それに、売り子さんを任せるのも……。どんな人がどんな物を欲しいと思うて来てくれるのか……どんな顔をして、帰ってってくれるのか……それを使《つこ》うたり着たりして、次にどんなことを言うてくれるのか……」

「そうね、それがこの仕事やってていちばん楽しいことやもんね」

ベビーショップあさやを始めたころは接客が苦手だった良子が、今ではそんなふうに感じるようになっていた。君枝も明美も、すみれの決断に全く異論はなかった。

「最後まで責任を持って、見届けたいよね」

「確かにな……」

妻たちの意志は固く、とても説得できそうにないので、夫たちは店を後にして、また屋台で

「男会」を開いた。勝二も昭一も、妻たちへの不満を言い続けた。

「やる言うたりやめる言うたり……なんなんや全く」

「結局、振り回されっぱなしやなあ。要は、自分らの思うとおりにできるかどうかだけやから
な」

女は気楽でいいなどと二人が言い合っている横で、紀夫は黙って飲み続けていた。ところが、突然立ち上がり、勝二たちを置いて屋台から去っていった。


紀夫が向かった先は坂東営業部の事務所だった。ゆりと潔が仕事の話をしているところに入っていくと、紀夫は黙って自分の席に着いた。

「どうしたの……？　飲んでるの？」

ゆりが尋ねると、紀夫はやっと口を開いた。

「そら飲みたくもなりますよ……」

そこに外出していた社員たちも戻ってきた。心配顔の一同に向かって、紀夫が言った。

「やりたない、言うてます……」

キアリスの話だと分かって皆がショックを受け、潔がつぶやいた。

「どういうこっちゃ……」

すると、すっかり出来上がっている紀夫が、やけになって叫んだ。

「知らんわ～！」

紀夫はそのまま腰が立たなくなり、潔がおぶって家まで連れていくことになった。ゆりも一緒

についていって、なんとかすみれを説得しようとした。

「話は紀夫くんから聞いたよ。すみれの思いは分かる。『キアリス』の名前を大事にしてることも、最後まで見届けたい気持ちも。そやけど、それやったら、大勢の人にすみれたちの作った、いい物を届けることはできないよ」

「……それでも、私たちで、考えて、作って、お客さんに届ける……そこまでを自分たちの手でやりたいんです。四人だけじゃ無理やとしても、自分たちの思いを分かってくれる人たちと……百貨店の売り子さんが悪いわけやない。でも、私たちの作る物は商品やけど、ただの商品やないって、分かってくれる人たちとだけ、やりたいの」

すみれの思いを聞いたうえで、潔は念を押した。

「飛躍のええ機会やのに……ほんまに断ってええんか？」

すみれはうなずき、紀夫は潔に頭を下げた。

「申し訳ありません……一度はやる言うたのに……潔さんの顔に泥を塗るようになってしもうて……」

「それはええよ。わしらのためにやるわけやなし。まとまってくれたら、点数上がるかとは思ったけどな」

そう言って潔はからっと笑った。

「大島さんには、わしから断っておく。気にせんとってや」

すみれは自分の決断に悔いはないものの、潔とゆりに、そして紀夫にも、申し訳ない気持ちでいっぱいだった。

「紀夫さん、立場を分かってるのにごめんなさい」

「……もうええ」


同じ頃、キアリスでは明美が、ある男と向かい合っていた。

「何よ、話って。早《はよ》うして」

男は数日前、キアリスの新聞記事を見たと言って明美の前に現れ、自分と組んで商売をしようと持ちかけてきていた。明美は相手にしなかったのだが、この晩もあさや靴店に押しかけてきて、具体的な話がしたいと食い下がってきた。そこで、明美はしかたなくキアリスに連れてきて話を聞くことにしたのだ。

「ここにある、『キアリス』の商品と、似たもんを作ろ思うとるんや。新しい名前を付けてな。質とかなんやとか、手のかかることは省いて、ここより安い値段にする。わしとあんたは、大儲けやで。これまでの給金の百倍は稼げるはずや」

「そんなこと――」

「お母ちゃん、病気で死んだんやろ？」

男は、キアリスの客のふりをして時久から話を聞き出し、明美の身の上を調べていた。

「あんたは、みんなと違《ちご》うて独りなんやで。旦那もおらん、子供もおらん。家やってないやないか。これからずっと独りの可能性かてある。何か起こったときに、助けてくれるのはなんや？金やろ？　それはあんたがいちばん知ってるやないか。奥様方と、遊んどる場合やない思うで」

男は、巧みに明美の心の弱い部分を突き続けた。少し前まで大阪の闇市で幅を利かせていたこの男には、訳もないことだった。男の名は玉井。五十八の説得で闇市の改革を決意した根本と袂《たもと》を分かち、今は新たなたくらみのために動きだしていた。

「考えとってくれ。また来るわ」

玉井が去った後、明美はぼんやりと座ったまま動けずにいた。そこに武が来て、そっとお茶を出した。武は、店の奥で玉井と明美の会話を聞いていたのだが、それについて問いただすようなことはしなかった。

「ありがとう……。タケちゃんも座りい」

そして明美は、店の奥に向かい、武の分のお茶を淹れて戻ってきた。

「すんまへん！」

「ええの。一緒に飲も。いただきます」

「……いただきます」

遠慮がちに飲む武を見て、明美が言った。

「あんたも苦労してきたんやろ。よう気が付くもんなあ。人のことよう見とう」

「……苦労と言えば苦労なんかな……？　親父が死んでもうて、いちばん上の姉ちゃんの旦那さんが家も工場も継ぐことになって……わしらは外に出ろって言われたんです」

「……寂しいなあ」

「寂しくないです。明美さんやすみれさんや良子さんや君枝さんがいますから」

けなげなことを言う武の顔を、明美はじっと見つめた。

すみれは、正式に断ると返事をしたので、大急百貨店との話は、もう終わったものと思っていた。ところが翌日の夜、紀夫の口から思いがけないことを聞かされた。大島社長が、直接すみれに会いたがっているというのだ。

「……とにかく、明日一緒に行くことになったから」

紀夫は昼間、会社を訪ねてきた小山に、すみれを大急百貨店に連れていくと約束していた。

「気が進まないわ……」

「ここまで尽力してくださったんや！　ええ条件もぎょうさん出してくださったんやぞ？　きちんと顔突き合わせて話をすることは、礼儀やろ。わがまま言うんやない」

紀夫に強く言われて、すみれはしかたなく大島社長を訪ねることにした。

翌日、すみれと紀夫は大急の応接室に通された。小さくなって待っていると、ドアが開いた。

「大急百貨店、社長の大島です」

「はじめまして……『キアリス』の坂東すみれです」

大島に見つめられただけで、すみれは身のすくむような思いがした。

第10章

# 百貨店での挑戦

応接室に現れた大急の大島社長は、挨拶を終えると、すみれに尋ねた。

「うちからの話を蹴ったと聞きましたが」

「蹴ったわけではありません。丁重にお断りしたんです」

「あなた、少し前に、うちの百貨店の店舗に来とったねえ。お見かけしましたよ」

大島は、すみれが大急の売り場を見に行ったときのことを言っているようだった。

「そこで何か思ったんやないですか？」

「そうです……売り場から、売れ残りといって、商品が処分されてゆくのを見て、悲しくなりました。でもそれだけではありません。……大急さんには、お任せできないと思うことがあったからです」

「……聞かせてほしい」

隣では、紀夫がハラハラした顔でこちらを見ていたが、すみれは正直に答えることにした。

「……見本品としてお渡しした物に……ペンで印が描かれてました。見本品でも、思いを込めて、一針一針縫った物です。それが分からない人たちには、お任せできないと思ったんです」

「……忙しいんや。毎日毎日、何人もの人に会わなければならない。とてつもない数の商品を見なければならない。考えることもたくさんある」

紀夫は、すみれが完全に大島を怒らせてしまったと覚悟した。しかし、大島の話は思いがけない方向に向かっていった。

「そんなふうに忙殺されとるうちに、あなたの感じた、いちばん大事なことを忘れてしまったんやろな。すまなかったね。こうしませんか？　まずは、十日間……大急が場所とショーケースをあなた方に委託します。大急は場所を貸すということです。そこで自分たちの責任の下、百貨店の力を試してみませんか？　どれだけ大勢のお客さんに、あなた方を知ってもらえるか」


面談を終えると、すみれと紀夫はキアリスに戻った。そこに勝二と昭一もやって来て、皆で大島社長からの提案について話し合った。

大急が商品を買い取るのとは違って、商品が売れなかった場合の損害はすみれたち自身が被ることになる。販売員の人件費や場所代も自分たちで負担しなくてはならない。夫たちはそれを懸念したが、良子と君枝は、「やってみたい」と即答した。キアリスの四人の中では、明美だけが不安を感じていた。

「売り子はどないする？」

明美が尋ねると、すみれが意見を言った。

「……私、いい人を思いついたのやけど……。悦子さん」

良子も君枝も、即座に賛成した。華やかで、物おじしない悦子なら適任だろう。

「なんの計算もせんと、そんな簡単に……どんなことがあっても、助けられんぞ」

勝二は脅かすように良子に言い、昭一も、無理だと決めつけた口ぶりで君枝に言った。

「ほんまに、自分らだけでやれると思うとるのか」

「やれるいうよりも、やるしかないと思うてるわ。成功か失敗かは分からないけど……最後まで愛情を持てて、大勢の人に知ってもらえる機会があるなんて、うれしいことやもの」

「よかった、みんな同じ考えで」

すみれは喜んだが、勝二と昭一は「勝手にしろ」と妻たちを突き放した。


翌日、悦子がキアリスにやって来て、販売の仕事を引き受けると言ってくれた。

「いきさつは聞いたわ。ええよ。その間、キャバレーは休むわ」

すみれは悦子に、商品を作っているところも見てもらったうえで、販売の仕事の大切さを伝えた。

「商品作りは時子ちゃんたちにも手伝ってもらうんやけど、こうして一つ一つ、丁寧に作ってるの。売り子さんは、お客さんに直接届けるいちばん最後のところの仕事なのよ」

「責任重大や……私も、人生変えなあかんと思うてたの」

「悦子さんなら、任せられると思うてるわ」

「……私のことをちゃんと見ててくれてありがとう」

出店を前に、すみれたちは四人そろって大急へ行き、大島社長に挨拶をした。応接室で四人を迎えた大島は、キアリスへの期待を語った。

「百貨店は今、生まれ変わろうとしている。大勢の人に足を運んでもらうためには、目玉になる物、そしてお客さんが心から喜んで、また欲しいと思うてくれるようなよい物を置きたい。君たちと力を合わせてやっていきたいんや。よろしう頼みますよ」

熱のこもった言葉に、すみれたちは、改めてやる気と覚悟を抱いた。


その晩、また玉井が明美を訪ねてきた。閉店後のキアリスに連れていくと、玉井は持参したベビー用肌着や子供服を明美に見せてきた。

「ようでけとるやろ」

どれも一見したところキアリスの商品に似ていたが、質の低い、いいかげんな代物だった。

「いや……。うちは、偽物なんかで儲ける気ないわ」

「あんたなあ、将来死にかけたとき、誰が助けてくれるんや。金やろ」

「誰も助けてくれんでええ。大事なんは、どうやって死ぬかより、どうやって生きるかや」

「キレイ事言いおって……」

玉井がいらだちをあらわにした。すると武が出てきて、玉井をにらみつけた。

「後悔すると思うで。そんときはまたな」

玉井はそう言って去っていった。とたんに武が、ホッと息をついた。

「タケちゃん。あんたすごんでも、全然怖ないわ」

「はあ……やっぱしそうですか……」

情けない声を出す武に、明美は思わず笑ってしまった。

「……三十分後にうちに来て」

「……え!?」

きっかり三十分後、武はドキドキしながらあさや靴店に入っていった。すると、明美が手料理を盆に載せて出てきた。

「座り。これ、食べてな」

みそ汁や里芋の煮っ転がしをテーブルに並べる明美を、武はきょとんと見つめていた。

「早《はよ》う早う。冷めんうちに」

「……ハイ。……いただきます」

武は、おいしそうにもりもりと食べ始めた。それを見ていると、明美の顔に自然と笑みがこぼれた。


翌日すみれと君枝は、時子たちと武と共に、君枝の家の二階に生地やミシンを運び込んだ。空いている部屋を時子たちの作業場にするためだった。皆で準備を整えていると、外出から帰った琴子と健太郎が入ってきた。

「何してるの」

琴子に言われて、君枝は驚いた。ここを作業場にすることは、昭一が琴子に頼んでくれているはずだった。ところが、琴子は何も聞いていないという。

「勝手にこんなことやめてちょうだい」

日頃から昭一は琴子に頭が上がらず、君枝に約束はしたものの、いざとなると言いだせなかったらしい。だからといって引き揚げるわけにもいかないので、君枝は琴子に頭を下げた。

「お義母様……ほかに場所がないんです。お願いします」

すみれも必死で頼み込んだ。

「ご迷惑はおかけしませんので、一か月間だけ貸していただけませんか？　来月、十日間だけ、大急百貨店にお店を出すことになったんです」

「大急に？　あなたたちのお店が？　そんなん、通用するんやろか……」

「それが終わるまで……その間だけ、貸していただけませんか？」

「お義母様、お願いします」

時子たちもそろって頭を下げると、琴子は不承不承という顔で言った。

「……ほんまに一か月だけですよ」


こうしてなんとか作業場が確保できた。販売員の方は、悦子が女学校時代の仲間の富士子《ふじこ》と順子《じゅんこ》にも頼んでくれた。すみれたちは三人をキアリスに招き、商品説明のしかたを詳しく教え、明美が相手役になって接客の練習を行ってみた。

「このズボンええねえ。でもなあ、子供のズボンてすぐ伸び伸びになってしまうんよね」

「さようでございますよね。私どもも、それが悩みの一つでございました。ですが、伸びやすい部位に、このように、伸び止めテープを付けることで、解決したのです」

悦子は言葉遣いも説明のしかたも申し分なかった。その様子を見て感心していたすみれは、ふと振り返って仰天した。ショップカードや商品が辺りにぐちゃぐちゃに散らばっていたのだ。全て、龍一の仕業だった。この日、良子は君枝と一緒に、時子たちの作業場に行っていたので、すみれが龍一に言って聞かせた。

「龍ちゃん……こんなことしたらお母さん悲しむよ」

「悲しまへんよ」

そこに、良子と君枝が戻ってきた。すると龍一は、その場から逃げ出そうとした。

「龍ちゃんあかんよ！」

叱ったのは、良子ではなく明美だった。

「良子ちゃん、まず、こんなことしたらあかんて、言わな。いつも何も言わへんよね？」

「言うてるよ……」

「通じてへんやない。ちゃんと教えな」

「明美さんは、子供がおらんから、分からんのよ」

とっさに良子はそう言い返した。すみれは、明美の傷ついた顔を見て、黙っていられなかった。

「良子ちゃん、どうしてそんなこと……」

良子はハッと我に返って明美に謝った。

「……ごめん」

その晩、すみれは夕飯の席で、喜代に尋ねた。

「……喜代さん、何かあった？　大丈夫？」

喜代は見るからに元気がなかった。さくらが保育所に行き始めて、喜代の負担は減っているはずなので、すみれは余計に心配だった。

「具合でも悪いの？」

「いいえ」

喜代はそう答えて、さくらに笑顔を向けた。

「さくらお嬢様、今日のお弁当はどうでした？」

「おいしかった！　赤い梅干しでお花、かわいかった」

さくらに持たせる弁当に、喜代は毎日工夫を凝らしていた。味はもちろん、見た目でもさくらを楽しませようと、この日はご飯に載せた梅干しを花の形に並べていた。

翌朝も、喜代は台所で弁当作りに励んでいた。だが、すみれが入っていくと、手を止めて深刻な顔をした。

「さくらお嬢様……保育所に預けないけませんかねえ。寂しゅうて寂しゅうて、たまらないんです」

「喜代さんの負担を考えて、保育所に預けるようにしたんやけど……」

「負担なんて、これっぽっちも思うたことはありません。年は取りましたが、元気です」

そこに、さくらがやって来た。

「喜代さん、さくらのお弁当できた？」

「今日は、錦糸卵です」

喜代は麦ご飯の上に錦糸卵で花の絵を描いていた。

「お弁当箱が殺風景やから、開けたら楽しいのがええと思いまして」

確かにアルマイトの弁当箱も箸も、それを入れる袋も、ずいぶんとそっけない物だった。

すみれは、喜代のさくらへの愛情の深さを改めて感じて、考えを改めた。

「喜代さんさえよかったら、さくらを家で見てくれませんか？」

「はい！　喜んで！」

とたんに喜代は、以前の元気を取り戻したように見えた。


その日、すみれはキアリスに、さくらの弁当箱と、弁当用の箸、袋を持っていった。

「あのね、この蓋に、絵を描いたらどうかと思うて。おそろいのかわいい箸と袋も付けて、セットにして……キアリス大急店での、限定やったらどうかな」

大急からは、出店にあたって何か目玉商品を考えるようにと言われていた。よい案が浮かばず、すみれはずっと頭を悩ませていたのだが、今朝の喜代との会話がヒントになった。

「絶対欲しいわ！」

「確かに、ええねえ……」

君枝も明美も賛成してくれたので、すみれは早速、見本を描いてほしいと君枝に頼んだ。

「いいよ！」

取りかかろうとした君枝の顔が、ふいに曇った。

った。


「良子ちゃん……どうしたんやろう」

良子は今日、出勤しておらず、明美は、それが自分のせいなのではないかと気にしていた。

「……言い過ぎてもうたかもな……言われ過ぎたけど」

すみれも心配して良子の家を訪ねてみたが、表から呼びかけても返事はなく、会えずじまいだった。

翌日、すみれは大急百貨店に出かけていった。弁当箱セットの見本を小山に見せるためだった。

「これを目玉商品にしたいと思うてるんですけど……」

蓋にリスとクローバーの絵が描かれた弁当箱を見て、小山は即答した。

「ええと思います。今度の広告に、すぐに載せます」

大急の対応は素早く、翌朝の新聞に大きく広告が載った。

「子供服の『キアリス』、十日間出店。一日三十個限定商品、アルマイトのお弁当箱」

広告が出ることは分かっていたが、問題はその数量だった。合計三百個もの弁当箱が必要になるわけだが、小山はそれを、すみれたちの了承もなしに決めてしまっていた。時子や悦子たちに準備を手伝ってもらいたいところだが、彼女たちもそれぞれの仕事で手いっぱいだ。良子も欠勤し続けているので、喜代や紀夫、昭一にも手伝いを頼まなくてはならないと皆で話し合った。だが、人手不足以上に大きな問題があることを、武が指摘した。

「……あの、お弁当箱三百個って、どうやって手に入れるんですか？」

すみれは坂東営業部に飛んでいき、潔とゆりに相談してみたのだが、当てがないと言われてしかった。

まった。そこで君枝たちと手分けをして、手当たり次第に探したが、わずかな数しか手に入らなかった。

それでもできることから始めようと、君枝はその晩、弁当箱を持ち帰って、蓋にリスとクローバーの絵を描いていった。それを見て、健太郎が目を輝かせた。

「お母さん、上手……リスさんかわいい」

「ありがとう……」

「ほんで、何個作るんや？」

様子を見に来た昭一が聞いてきた。

「三百個。昭一さんも手伝ってよ」

とたんに昭一は、嫌そうな顔をした。

「……もう結構です。もう二度と頼みません。この間も、お義母様に言うてくれるて言うから、私もその気でいたのに……今後一切、頼りにはしないわ」

「そないなこと言わんで……」

昭一が妻をとりなそうとする間も、健太郎は弁当箱に釘付けになっていた。

「僕も欲しい」

「ごめんね、これは健ちゃんのやないの。いつか、作ってあげるからね」

「……うん」

聞き分けのいい息子を見てわが身を振り返ったのか、昭一が重い腰を上げた。

「わしもやるわ」

その頃、すみれは自宅で弁当箱の袋を縫っていた。

「ただいま。戻ったで、お客さんも一緒や」

玄関から紀夫の声がしたので出ていくと、勝二がいた。

すみれは勝二を招き入れ、喜代がお茶を出した。勝二は、さくらが静かにお絵描きをしているのを見て、しみじみと言った。

「ええ子やなあ、おとなしゅうて……」

「あの、良子ちゃん、どうかしたんですか？」

「……子育てで悩んでるようで……。龍一は、やんちゃな男の子という一言や済まないんです。怒ってもあかん、なだめてもあかん、言い聞かせよう思うても聞いてくれへんて……。追いつめられてしもうてるようで……」

困り果てている勝二のために、すみれは喜代に助言を求めた。すると、喜代は穏やかな口調で言った。

「手がかかる子はねえ……ええ悪いやなくて、人の何倍も手がかかる子はおるんです。何倍も、手をかけてやればええんです。周りに大人が何人もおるでしょう？　誰が親ややなくてね、みんなで育てるんです」

翌朝、すみれは出勤前に良子を迎えに行った。良子は龍一をおぶって出勤し、すみれは、君枝と明美、武を集めて、喜代が教えてくれたことを話した。

「あのね……ええ悪いやなくて、あまり手のかからない子と、その何倍も手のかかる子がいるんやって。何倍も手のかかる子は、何倍も手をかけてあげたらええんやって。龍ちゃん、元気過ぎて、良子ちゃん一人やと大変なのよ。だから……みんなで手をかけていこう。そういう子は、きっと……人の何倍も幸せになるんやないかなあ。良子ちゃんごめんね……つらい思いしてるの、気付かなくて……ごめんね」

良子は、安堵の涙をこぼした。すると明美が良子に、優しく声をかけた。

「良子ちゃん、責めるようなこと言うて、堪忍な」

「私こそ、ひどいこと言うて……ごめんなさい」


君枝はこの日も家に仕事を持ち帰った。夜、寝室で弁当箱に絵を描き続けていると、健太郎がお絵描きをした紙を見せてきた。そこには君枝の顔が描かれており、覚えたてのひらがなも並んでいた。つたない文字だったが、「おかあさん」と読めた。

「すごいね健ちゃん……字が書けるの……」

健太郎の成長ぶりに、君枝は目頭が熱くなった。

その後、君枝は居間で琴子と話をした。

「お義母様……私……働いていて、なかなか家で相手ができないのに……健太郎があんなにええ子なのは、お義母様のおかげです」

琴子に健太郎を取られてしまうような気がして不安になったこともあったが、健太郎に熱心に礼儀作法を教えてくれたのも、ひらがなを教えてくれたのも琴子だ。そして何より、いつも愛情深く健太郎に接してくれていることに、君枝は感謝していた。

「健太郎を、あんなに優しい子にしてくださって、ありがとうございます。これからも……よろしくお願いします」

「……ありがとう。君枝さん、ちょっと来て」

君枝は、琴子を二階の一角に連れていった。そこには、アルマイトの弁当箱が積み上げられていた。

「私の父が、昔お世話した工場があってね……三百一個目に、健ちゃんのを作ってあげて」

前夜、君枝と昭一がしていた会話を、琴子は廊下で聞いていたのだ。

「孫は目に入れても痛くないのよ。でも、いけないことはいけないとちゃんと教えるから……あの子はもともと優しい子。安心して。あ……このお弁当箱、ちゃんとお金は払うのよ。格安で交渉しておいたから」

「はい……！　ありがとうございます……」


紆余曲折《うよきょくせつ》を経て、すみれたちはキアリス大急店のオープンの日を迎えた。与えられたショーケースは二つ。ギリギリまで商品の並べ方をあれこれと考え、美しく装った悦子、富士子、順子が店頭に並ぶと、開店を知らせるチャイムが鳴った。それと同時に、多くの客が大急に入店してきた。

そこまで見届けると、すみれ、良子、明美は大急を後にし、君枝だけが残った。神戸の店もふだんどおり営業しなくてはならないので、大急店の様子は、一人ずつ順番に見に行くことに決めていた。

その後、交代の時間になると、君枝が大急から神戸の店に戻ってきた。

「お客さん、どのくらい？」

良子が尋ねると、君枝は暗い顔で答えた。

「……まだ、何も売れてないよ」

目玉商品の弁当箱さえ一つも売れていないのだという。次に大急に行った良子も、その次に行った明美も、全く客が来ていないと落ち込んで帰ってきた。

最後にすみれが大急に行ったが、やはり客の姿はなかった。結局、この日は、来店者数ゼロのまま閉店時間を迎えてしまった。

悲劇はこれでは終わらなかった。二日目も、全く客が来なかったのだ。厳し過ぎる現実に打ちのめされ、閉店後の神戸の店ですみれたちは茫然としてしまった。

「これが続いたら、どうしよ……」

おびえた顔で良子が言った。すみれは、自分に言い聞かせるように言った。

「損は自分たちで被るしかないけど……でも、損とか損やないとか……そういうことやなくて……なんとかせな。昨日も今日も、周り見て思うたけど、年配のお客さんが多いよね……」

高価な商品が並ぶ百貨店には、すみれたちと同じようなお母さん世代の客は少ないのかもしれない。もしそうならば、自分たちの力で呼ぶしかないと、すみれたちは思った。

「あのお弁当箱、知ったら欲しくなると思う」

良子の言うとおりだと、すみれも思った。だからこそ大急も目玉商品として認めてくれたはずだ。

かわいくて便利な弁当箱セットが大急百貨店のキアリスで売られている。そのことを知らしめるために、すれみたちはポスター作りに取りかかった。真ん中に大きく弁当箱の絵を描き、「期間限定」「数量に限りがございます」といった言葉を並べた。

夜が更けても懸命に作業を続けていると、紀夫、昭一、勝二がやって来た。三人とも大急店の売り上げが気になって、いてもたってもいられなかったのだ。

すみれたちは、夫たちが来たことにすぐには気付かないほどポスター作りに集中していた。

「こんな時間まで……」

とがめる口調の勝二に、良子はきっぱり言い切った。

「今日は遅くなる。このポスター描き終えないと帰れない」

すみれも君枝も、夫に先に帰ってほしいと言った。

「こないな時間まで女が働くなんて……」

言いかけた紀夫の言葉を、すみれが遮った。

「今はそういうことを言わないで……」

男たちは妻を連れて帰るのを諦め、キアリスを出て商店街を歩いた。勝二は、店の奥で寝ていた龍一をおぶっていた。昭一は、歩きながら、ふいに本音を漏らした。

「……なんで頑張れて言えないんやろなあ……」

「わしも今、それを考えとりました」

勝二が言うと、紀夫もうなずいた。

「思うてるんですけどね……」


翌日、朝からすみれたちは、保育所や幼稚園の掲示板、街なかの店や電柱など、お母さんたちの目に付きそうなところに手当たり次第にポスターを貼って歩いた。

やれるだけのことはやったが、効果の程は分からない。不安を抱えつつ、すみれは大急百貨店に向かった。

キアリスの売り場に着くと、昨日までとは全く違う光景が目に飛び込んできた。子供連れの客が大勢集まっており、悦子たちがにこやかに接客をしていた。

「お弁当箱ください」

そう言われた富士子が、客に丁重に詫《わ》びていた。

「大変申し訳ありません。今日の三十個分が終わってしまって……明日また三十個売り出しますので」

売れているのは弁当箱だけではなかった。子供服を求める客たちが、順子と悦子の商品説明に熱心に聞き入っていた。

この日から、客足はぐんぐんと伸びていった。

キアリス大急店のオープンから五日目のことだ。潔は大島社長に面談の時間が欲しいと申し入れた。大島はそれを了承し、翌日、潔はゆりと紀夫、秋山を連れて大急の応接室を訪れた。

迎えた大島社長は上機嫌だった。

「『キアリス』もよう健闘してくれとるなあ。昨日の売り上げ、小売りでは一位や」

「よかったです！　ホッとしました！　今日は、私らの会社と、この形やったらご一緒させてもらえるんやないかという提案を持って、参りました」

「婦人服はもう既に新しい会社と取り引きをしとるからな……いくら君でも、壁は高いで。もういっぺん聞くが、紳士服に戻る気はないのか？」

「いや、婦人服で勝負していきたい思いに、変わりはありません」

潔がそう言い切ることができたのは、ゆりの発案による秘策があるからだった。その内容を、ゆりは自ら大島社長に説明した。

「今回、提案させていただくのは、洋裁と服地のセット販売という新しい試みです。百貨店の一角に、教室を作らせていただきます。教室に参加した人たちには、カタログを見てもらいます。そこに載っている気に入った洋服を、手作りできるんです」

ゆりがこの企画を思いついたのは、キアリスで服の型紙が人気を博していることがきっかけだった。

「デザインは新鋭のデザイナーを使います。デザイナーが作った型紙と服地のセットを売ります。そうして、作り方を百貨店の中で教えるんです」

「なるほど……」

「服地は、ナイロンなどの新素材を積極的に使います」

そのための工場の開拓に成功したのは秋山で、ゆりは秋山を責任者にすると大島社長に告げた。得意げな秋山の隣で、紀夫は小さくなっていた。潔の指示で、紀夫も工場の開拓のために動いてはいたのだが、秋山とは対照的に、全く成果を上げられなかったのだ。

大島社長は、黙ったきりの紀夫が気になったようで、突然話しかけてきた。

「で、君は？」

紀夫は慌ててしどろもどろになり、代わりに潔が返事をした。

「教室運営を任せようと思うてます。人当たりも柔らかいですし」

企画の説明を終えたゆりは、一気に話の詰めに入った。

「もし、大急さんが乗ってくださるなら、すぐにでも始めたいです。もし乗ってくださらないなら、この足でほかの百貨店へ行こうと思います。いかがですか？」

ゆりの強気の交渉が功を奏し、契約は、その場でまとまった。


キアリスの大急への出店期間は、残すところ三日となった。この時点で、売り上げは大急の事前予測をはるかに超えていた。そのためショーケースの中に空きができてしまい、すみれと明美は、神戸の店の商品の一部を大急に持っていって補充した。二人で品物を並べていると、小山が売り場に現れ、応接室に呼びつけられた。

「せっかく来たのに品切ればかりやって苦情がたくさん入っとるんです。ショーケースをすっからかんにしておくなんていう、みっともないことは避けてください」

小山の一方的な言い方に、明美は黙っていられなくなった。

「売り上げ予測を出したのはそちらやないですか」

だが、小山は悪びれもしなかった。

「予測はあくまでも予測です。とにかく、なんとかしてください」

売り場に戻ったすみれと明美は、どんどん空きスペースが増えていくショーケースを見て、頭を悩ませた。

「あ……！　ショーケース、一つ返したらどうかな」

すみれの思いつきに、明美も賛成した。

「そしたら見栄えはようなるよね」

二人は早速、二つのうち一つのショーケースに商品をまとめていった。すると、周りの店の店員たちがざわつき始めた。

「何してるんですか？」

スカーフ屋の店員に聞かれて、すみれは答えた。

「ショーケース一つ返そうと思うて」

そばで聞いていたかばん屋や帽子屋の店員たちが、驚いて顔を見合わせた。どの店も、一つでも多くショーケースを確保したいと必死だというのに、与えられたショーケースをわざわざ返すなど、考えられないことだった。

だが、すみれたちは、空にした方のショーケースをさっさと片づけてしまった。それが、偶然通りかかった大島社長の目に留まった。

すみれたちはまた応接室に呼ばれ、大島社長と小山から事情を聞かれた。

「勝手にショーケースを整理するなんて……ほんまに信じられへんことを……」

小山はあきれ顔だったが、大島は、頭ごなしに非難するようなことはなかった。

「ショーケースを減らすんやなく、商品を増やしたらどうやろか？　あと三日でも……わざわざここに出店をしなければ出会うはずのないお客様と、商品との出会いがある。黙って過ぎても三日やし、懸命に過ぎても同じ三日や」

確かにそのとおりだとすみれは思った。神戸の店に戻って四人で話し合うと、皆も納得してくれ、君枝が、時子たちに追加の作業を頼みに行くことになった。

だが君枝は、無理強いはしないと決めていた。残りの期間、ショーケースを埋めるためには、徹夜覚悟で縫い続けてもらわなくてはいけなかった。

ところが時子たちは、快く作業を引き受けてくれた。

「誰かのために何かを作るって、楽しいよね」

そんなことを言ってくれる時子たちに、君枝は心から礼を言った。

それから一晩中、皆で縫い続けると、翌朝にはなんとか二つのショーケースが埋まった。その後も、すみれたちは作れるだけの物を作った。

それでも最終日の閉店時間には、ショーケースはすっかり空になった。

皆で神戸の店に戻ると、明美がそろばんをはじいて十日間の売り上げを集計した。その額は、当初の目標の実に三倍だった。

「……早《はよ》う主人に言いたいわ」

「私も！」

無理だと決めつけていた夫たちの鼻を明かせると、良子も君枝もワクワクしていた。

その後、武はキアリスの面々を屋台に案内した。以前、武は男会に参加させられたことがあり、そこに行けば紀夫たちが集まっているだろうと思ったのだ。

案の定、この日も男会が開かれていた。勝二と昭一は、「ここは男の聖地や」などと言い、妻たちが来たことを煙たがるようなそぶりをした。しかし紀夫は、素直にすみれをねぎらった。

「ご苦労やったな。反対したり、心配したりやったけど……君らは君らの力で、頑張ったんやなあ」

「……ありがとう」

二人のやり取りを聞いて、勝二と昭一も、妻への正直な思いを口にした。

「……たいしたもんや」

「格好ええなあ」

まさかそんな言葉が聞けるとは思わず、良子も君枝もうれしくてたまらなかった。

楽しげな三組の夫婦を、少し離れたところから明美が見つめていた。だが、それに気付いていたのは、武だけだった。

明美があさや靴店に帰ろうと一人で商店街を歩いていると、武が後を追ってきた。

「夫婦の会やったからねえ、遠慮したわ」

そう言って明美は笑ってみせた。すると、武が意を決した様子で口を開いた。

「……わしが一人前になるまで、待っとってくれまへんか？　わし、早《はよ》う一人前になって、明美さんを幸せにしたいです」

「突然何言い出すんや……いくつちゃうと思うてるの」

「人を好きになるのに、年なんて関係あらへん。わしは、明美さんのことが好きなんや。明美さんを幸せにしたいんや。一緒にあったかい家庭を作りたいです」

あまりに驚いて、明美はしばらく声も出なかった。そんな明美を武はまっすぐに見つめていた。

なんとか落ち着きを取り戻すと、明美は年上らしく武をいなしてみせた。

「……タケちゃん、おおきに、あー、うれしい」

本気の告白を軽く受け流されて、武はショックを受けていた。

「おやすみ。また明日な」

手を振って立ち去る明美の後ろ姿を見送りながら、武は自分のしたことを悔いていた。そのとき、明美の瞳に涙が浮かんでいたことなど、武は知る由もなかった。


屋台で祝杯を上げた後、良子と勝二は、帰宅する君枝と昭一についていった。今日は琴子が、健太郎と一緒に龍一の面倒も見てくれていたのだ。

「ご迷惑……おかけしませんでしたか……？」

良子は恐る恐る琴子に尋ねた。

「龍ちゃん？　ええ子よ。まあ、男の子やからねえ……大変やろうけど、それも大人になったら、いい思い出よ」

龍一は、健太郎と一緒にすやすやと眠っていた。すみれは、龍一のためにみんなで手をかけていこうと言ってくれた。あの日以来、皆が自分のうちの子のように龍一に接してくれている。悪いことをすれば遠慮なく叱り、褒めるときには手放しで褒めてくれる。

みんなで手をかけていけば、その子は人の何倍も幸せになる……。すみれの言葉を思い出しながら、良子は大切な一人息子の寝顔を見つめた。

数日後、大急百貨店では坂東営業部による「大人の女性のためのドレスメーカー教室・説明会」が開かれた。事前に紀夫が婦人服売り場に案内を出していたため、当日は多くの中高年女性が集まった。

開始時間になると、潔は教室の責任者である紀夫に、挨拶をするよう促した。詰めかけた女性たちの前に立ち、一斉に視線を向けられると、紀夫の呼吸が荒くなった。そのただならぬ様子に、会場内がざわめいた。紀夫は極度の緊張から、その場で気を失い、倒れてしまった。慌てて潔が体を支え、頬をたたいて呼びかけた。

「紀夫くん！　紀夫くん！」

その頃キアリスには、大島社長と妻のいつ子が訪ねてきていた。すみれたちは、二人が夫婦だと初めて知って驚いていた。

「この人に、『キアリス』さんのお話をして、買った物を見せたのよ。そうしたらもう、商売人魂に火がついて……」

「そうやったんですか……」

妻とすみれの話をにこやかに聞いていた大島社長が、改まった口調で言った。

「今日は君たちに話があって来た」

何ごとかと、良子たちも大島を見つめた。

「今後は……大急百貨店の『キアリスグループ』として、支店を出さないか？　君たちの大事な名前を残しながら、うちと一緒に仕事をしないか」

## 第11章 家族のしあわせ

大島社長と妻のいつ子が帰った後、すみれたちはキアリスの店内で、大急への出店の打ち上げ昼食会を開いた。すみれたち四人と武、麻田、販売員を務めてくれた悦子たち、商品作りを手伝ってくれた時子たちも顔をそろえ、にぎやかな会となった。

時子は、自分たちに声をかけてくれてうれしかったと、すみれたちに礼を言ってくれた。

「ほんまに、させてもろうてよかったと思うてるわ。『私にもできることがあるんや』って思うことができたよ」

綾子も文も千代子も、これからもっと上手に作れるようになりたいと張り切っていた。その言葉に感激するすみれたちに、悦子が言った。

「私もお礼を言うわ。この十日間は、未来への希望につながる時間だったような気がするわ。こんな気持ちにさせてくれて、ありがとう」

一緒に十日間を乗り切った仲間たちの言葉が、すみれに勇気を与えてくれた。

「みんなとやったら……できるかな」

正式に大急に支店を出すという話を、すみれは今、現実として捉えることができた。良子も君枝も明美も、すみれの問いに同じ言葉を返した。

「……できる」

打ち上げを終えて別れる際、すみれたち四人は、支店の件をそれぞれの家族にも話そうと約束し合った。

すみれが家に帰ると、紀夫が床に就いており、頭まで布団をかぶっていた。

「具合が悪いようで、早くに帰られたんです」

喜代からそう聞かされたので、すみれはこの晩、紀夫に支店の話はせずにおいた。

翌朝になっても、まだ紀夫は布団をかぶったままだった。

「紀夫さん……お顔を見せてください。大丈夫ですか？」

もぞもぞと顔を出してきた紀夫は、医者を呼ぶほどのことはないが、会社は休むと答えた。

「少し、話せます？」

「ああ」

「昨日、大急百貨店の大島社長がお店にいらっしゃったんです。それで、キアリスの名前を残したまま、『大急キアリスグループ』として、支店を出さないかと……」

「……ほう！」

具合が悪いはずの紀夫がむくりと起き上がったので、すみれは驚いた。

か違和感を覚えていた。
自分の決断を紀夫が認めてくれた。うれしいことのはずなのに、すみれは、紀夫の態度にどこ
とやるべきことが一致している……奇跡のようなことやな……」
「それは……よかったなあ。やりたいことがあるだけでも、すごいことやのに……やりたいこと
「それで、お受けしようと思うんです」
「それで……」

その日、すみれ、良子、君枝、明美はそろって大急百貨店を訪れた。皆、家族の了承を得るこ
とができたので、四人で大島社長に挨拶をしようということになったのだ。

応接室での面会を終えると、すみれは一人で坂東営業部へ向かった。事務所に入っていくと、
ゆりと潔、社員の秋山たちがいた。

「すみません、今日は、主人がお休みして……ご迷惑おかけしてませんか?」

すると秋山が、ゆりに向かって言った。

「奥さんにも言った方がええんやないですか……?」

ゆりと潔の困惑したような顔を見て、何かあったのだとすみれは察した。

「あの……主人に何かあるなら……お姉ちゃん、言うてよ」

「……紀夫くんに、洋裁学校の運営を任せることになって……学校の説明会で……緊張のあまり、
倒れてしまったのよ」

驚くすみれを安心させようというのか、潔は、ことさら陽気な口調で言った。

「大丈夫や！　何年か過ぎたら笑い話や。そないなこともあったなってな。絶対に紀夫くんはええ社長になる！」

だが秋山たちは、潔の言い分に全く賛成できないという顔をしていた。


その晩、潔とゆりは、紀夫の見舞いに来てくれた。

「大丈夫か？」

心配顔の潔に、紀夫は布団の中から返事をした。

「いやあ……ちょっと……しばらく前から……」

もともと具合が悪かったような口ぶりだが、実際はそんなことはなかった。喜代は、先ほどまで元気に起きていた紀夫が、ゆりたちが来たと知って慌てて布団に入ったのに気付いていた。だが、それを知らない潔たちは、紀夫にゆっくり休むようにと言って帰っていった。

すみれは、布団に潜っている紀夫に尋ねてみた。

「今日、会社に行ったのよ。私、知らなかったけど……もしかして紀夫さん……つらい思いを――」

その言葉を紀夫が遮った。

「元気なときにしてくれ」

すみれはそれ以上、何も言えなくなってしまった。

翌朝、キアリスには大急出店のときのメンバーが勢ぞろいした。支店の正式なオープンに向けて、全員で話をするために集まったのだ。

「今度は十日間やないのよね？」

「どれぐらいを考えとったらええのかな」

時子と綾子に尋ねられて、明美が答えた。

「長ければ長いほど、ええと思うてる」

「それって、何年とか、何十年とか？」

千代子の問いかけに、明美がそうだと答えると、時子たちも悦子たちも驚きの声を上げた。

「私、それやったら、キャバレーは辞めるわ」

悦子がきっぱりと言った。

「何年も何十年も……そんな先まで考えられるなんて。幸せな話をありがとう」

そう言われて、すみれたちも幸せな気持ちになった。

「開店は、十一月の初めやで。みんなで力を合わせて、準備頑張ろな」

明美の言葉に、皆が力強くうなずいた。


次の日、すみれと紀夫、ゆりと潔は、近江の本家に出かけていった。五十八から、会いに来るようにと連絡があったのだ。五十八は、喜代から紀夫の様子を知らされて四人を呼ぶことにしたのだが、すみれたちはそれを知らなかった。

本家の客間で、節子と静子がすみれたちにお茶を出してくれた。五十八は娘たちの近況を聞き、キアリスが大急百貨店に支店を出すと知って仰天した。

「ええ流れや。人間、成功するのは、『ありがたい』ゆう感謝の気持ちと、『幸せ』を実感できる心を持って、幸運の流れにポンっと乗っかれるときなんや」

「逆は……」

と、紀夫が口を開いた。

「逆は、どんなときですか……。成功しないときです」

「……自分が変わらなあかんことに、気付くことができんときや。男は特にやで。男の人生ゆうのは、背負うものが増えていく。妻や子供を食わせなあかん。大きな責任を持って生きてかなあかん。その分強くならな、大きくならな、苦しくなるばかりや。強くなるために、大きくなるために、変わらなあかんときがある。そういう分岐点におるときが、いちばんつらかった」

一緒に話を聞いていた節子が、ぽつりと言った。

「そやけどまた、自分のためだけに生きる人生ゆうのも、寂しいもんやろな」

「そうですな。守るべきものがある人生を、幸せや思えたら、ええ流れが来るんやないか？」

「……僕はそう思うてます」

紀夫は、五十八をまっすぐに見て答えた。

「すみれがおる人生を、さくらがおる人生を……今、家族と一緒におることが、どんだけ幸せなことか……分かってます」

「そやな……。それやったら……大丈夫や」

その日のうちにすみれと紀夫は神戸へ戻った。翌朝早く、すみれが目を覚ますと、布団に紀夫の姿がなかった。

もしやと思い玄関に出てみると、紀夫は出かける支度を整え、出勤しようとしていた。

「……どうしたの？　こんなに早くに……」

「休んでしまった分、やらなあかんこともあるから。……僕も、変わらなな。家族のために。苦手なこともやり続けてみる。どんなことでもコツコツと……。いってまいります」

「……いってらっしゃい」

見送るすみれの胸の中では、紀夫の決意をうれしく思う気持ちと、申し訳なさとが入り混じっていた。


キアリス大急支店のオープンまで一か月を切ったある日、君枝と良子、時子たち生産チームは君枝の家の二階で商品作りに励み、すみれと明美は、悦子たち販売員チームの手を借りて神戸の店でタグ付け作業を続けていた。

その合間を縫って、すみれは小山との打ち合わせのために大急百貨店へ出かけた。この日、坂東営業部は大急で洋裁教室の二度目の説明会を開くことになっていた。

すみれは打ち合わせの後、目立たないように説明会場に入っていった。すると紀夫が現れ、詰めかけた女性たちを前にたどたどしく挨拶を始めた。

「み、皆様……ようこそ、『大人の女性のためのドレスメーカー教室』へ……私、この説明会を、担当、させていただきます、坂東紀夫と申します……よろしくお願いします」

見るからに緊張している紀夫を見ていると、すみれは、自分のことのように胸が苦しくなった。

この頃、武は連日、神戸の店と君枝の家の作業場の間を、大量の商品を担いで行き来していた。一日の仕事が終わると精根尽き果て、武はキアリス店内で座り込んで茫然としていた。そこに、お盆にお握りを載せて明美がやって来た。

「夜食。さあ、食べ食べ」

「いただきます！」

空腹だった武は、お握りにかぶりついた。ふと気付くと、明美がこちらを見てほほ笑んでいた。

「ええ食べっぷりやねえ。見てて気持ちええわ」

「……あの、なんも気にせんでください。明美さんや皆さんに比べて、わしはほんまに、まだまだやのに……」

そんな自分が明美に向かって「幸せにする」と口走ったことを武は後悔していた。明美は、お握りを持ったまま落ち込んでいる武に、笑顔を向けた。

「普通にお姉さんでおるで」

「……ハイ。でもわし……」

分不相応なことを言ってしまったのは間違いない。だが、明美を幸せにしたいと思う気持ちは本物だ。武はなんとかそれを伝えたいと思ったが、明美は〝お姉さん〟の態度のままで言った。

「ええから！　今は食べ」

言われるまま、武はまたお握りにかぶりついた。

この日、紀夫は帰宅が遅かった。帰りを待つ間に、すみれは夕食をとりながら喜代と話をした。

「たまたま、見たのよ。大急で、紀夫さんが頑張ってるところ……。とても無理していて……」

「すみれお嬢様とさくらお嬢様のために、頑張ってくださってるんですよね？　応援してさしあげなあかんとちゃいます？」

「そうよ、そうよね」

そこへ、紀夫が帰ってきた。夕飯は済ませてきたという紀夫は、かばんから書類を取り出した。

「お仕事？　……ご苦労さまです」

そのとき、台所から喜代のうめき声が聞こえてきた。すみれが飛んでいくと、喜代は腰を押さえて倒れていた。持病の腰痛が悪化してしまったのだ。

すぐに病院に連れていくと、喜代はそのまま入院ということになった。


翌日から、すみれは一段と忙しくなった。さくらは保育所で預かってもらうことにしたが、弁当作りと送り迎えをしなくてはならない。

少し前から良子も龍一を保育所に預けていた。龍一は以前より聞き分けがよくなったので預かってもらえることになったのだ。すみれたちは朝、一緒に子供たちを保育所に送っていき、すぐに仕事に駆けつけた。支店のオープンが迫っているので、予定はぎっしりと詰まっていた。夕方には保育所に子供たちを迎えに行き、神戸の店に連れていって仕事の続きをした。家に帰ればすぐに夕飯の支度があり、家事が一とおり終わると、すみれは深夜まで支店のレイアウトを考え続けた。

紀夫は、そんなすみれを見かねて尋ねた。

「体壊してしまうんやないか？」

「大丈夫」

「……無理やったら言うてや。僕もできることはするから」

「ありがとう」

しかし、すみれは誰にも頼ろうとせず、キアリスの仕事と、母、妻としての役目に全力を尽くした。


支店のオープン前日、すみれと良子は仕事の前に君枝の家に行き、さくらと龍一を琴子に預かってもらった。これで今日は、保育所の迎えの時間を気にすることなく仕事に集中できる。琴子は、健太郎とさくらと龍一の世話を一手に引き受けてくれた。

すみれはその後、大急支店に向かい、明美や悦子たちと売り場のレイアウトを行った。その間にも、良子と君枝が出来上がったばかりの商品を運び込んできて、無事に準備が整った。

だが、出来上がった売り場を見つめるすみれの表情はさえなかった。明美は、すぐにそれに気が付いた。

「どうしたの？」

「なんか……なんかな……。直してもいいかな？」

キアリスの面々はすみれの感覚を信頼しているので、納得できるまで直して構わないと答えた。

君枝は、連日忙しくしているすみれを気遣って言った。

「さくらちゃん、今日はうちに泊めようか？　明日は開店の日やし、いつもより早いでしょう？　ご飯食べさせたり用意させたり、大変やない？」

「……お義母様に、迷惑やないかな」

「大丈夫よ。女の子かわいいって言うてたもの」

それならばと、すみれは琴子と君枝に甘えることにした。その後、君枝たちは商品作りに戻り、悦子たちは明日に備えて帰っていった。一人、売り場に残ったすみれは、ショーケースの中が見やすいように工夫をしたり、マネキンの着ている服を替えたりと、夢中で作業を続けた。そうするうちに、時間はどんどん過ぎていった。


その日の夜、仕事を終えて紀夫が帰宅すると、家の明かりが消えていた。すみれもさくらも姿が見えないので、紀夫は心配してキアリスに飛んでいった。出てきた武にすみれの行き先を聞いていると、あさや靴店から明美がやって来た。

「すみれがおらんのや。どこにおるんや」

「うちは、大急で別れたんやけど……」

「大急で？　さくらは？」

「今日は、朝から君ちゃんの家にいるはずよ」

すぐに君枝の家に駆けつけると、明美から聞いたとおり、さくらがいた。

「さくらちゃん、健太郎とぐっすり寝てますよ」

だが、すみれの居場所は依然として分からない。昭一が、深刻な顔で紀夫に言った。

「警察に行きますか。こないな時間まで連絡のひとつもないなんて……事件や事故に巻き込まれてるかもしれまへんよ」

「そうですね……」

しかし君枝がそれを止めた。

「待って。すみれちゃんのことやから……夢中になってやってたら、こないな時間になってしまったとか……」

すみれの性格を考えればあり得ると、紀夫も思った。

とにかく朝まで待とうと決めて、紀夫は一人で自宅に戻った。しかし、すみれの身に何かあったらと思うと心配でたまらず、眠れぬ夜を過ごした。


君枝の予想どおり、すみれはレイアウトの変更に夢中になり過ぎて、帰れなくなっていた。思いどおりに準備が整った頃には夜の十一時を過ぎており、施錠されていて外に出られなくなっていたのだ。

さくらは君枝の家で預かってもらっているから心配ないだろうと、すみれは思った。紀夫に連絡を取りたいが、手だてがないので、しかたなくすみれは売り場で毛布にくるまって横になった。

早朝、巡回に来た警備員がすみれを見つけて悲鳴を上げた。

「ひい！　ちょっと！　ちょっとちょっと！」

目覚めたすみれは、一瞬自分がどこにいるのか分からなかった。だがすぐに、無断外泊をしたことを思い出して大急ぎで自宅へ戻った。

息を切らして戸を開けると、紀夫が立っていた。

「紀夫さん……ごめんな――」

言い終わらないうちに、紀夫はすみれの頬を打った。

朝まで一睡もできなかった紀夫は、すみれの顔を見るなり気持ちが高ぶってしまった。しかし、理由はどうあれ妻に手を上げた自分が許せず、この日は出勤してからも、ため息ばかりついていた。

すみれの方も、自分に原因があるとはいえ、夫にぶたれたことがショックで、それを引きずったままオープン初日の大急支店へと向かった。

売り場に着くと君枝もやって来て、すみれが一人でやり直したレイアウトを見て目を丸くした。

「わあ、全然違う……これ、全部すみれちゃんが？」

「うん……気が付いたら鍵が閉まってて、朝早く警備員さんが来るまで出られなかった……」

「そんなことやろうと思った。紀夫さん、心配してうちまで来たのよ」

そこに良子と明美もやって来た。悦子たち販売員チームもそろい、開店時間には、すみれたちは少し離れて自分たちの支店を見た。

店は、あっという間に客でいっぱいになった。きびきびと接客する悦子たちと、買い物を楽しむ人々を、すみれたちは感慨深く見つめた。キアリスはこの日、大きな一歩を踏み出した。

支店のオープン初日は、すみれたち自身が驚くほどの売り上げを記録した。閉店後、神戸の店にすみれと明美、武が戻ると、良子と君枝、そして男会の面々が待っていた。

夫たちに言われて、すみれたちは詳細な売り上げ台帳と在庫帳を付けるようになっており、皆でそれを見ながら今後の商品作りの計画を立てた。大急側からは、支店でも「ベビー相談室」を開いてほしいという要望もあり、これからはますます忙しくなりそうだ。

すみれは皆に、悦子たちから預かってきた日報を見せた。

「現場で受けた質問や、売っていて疑問に思ったことを毎日書くって。これも目を通して、書き込んで渡すようにしよう」

今後のことを相談していると話は尽きなかったが、勝二が時計を見て言った。

「もうこんな時間やで。あとは明日でええんちゃうか？　龍一もさくらちゃんも、昭一さんのところに預けたままやろ？　ちゃんと気を付けんと、人に迷惑をかけてまうことも出てくるで」

昭一も、君枝に優しく言った。

「とにかく、この在庫帳と売り上げ台帳だけは、ちゃんと付けてな。あとは、わしらが仕事帰りに経理をやりに来る。縁の下の力持ちがおると思って現場のことを頑張りや」

すみれと紀夫はと言えば、まだ気まずい空気を引きずっていた。帰り道、良子たちと別れた後、二人の間に会話はなかった。

翌日、すみれは朝早くから弁当を作り、さくらを保育所に送っていった。その後は神戸の店と君枝の家の作業場、大急支店の間を飛び回った。

小山との打ち合わせのために大急に行ったすみれは、まず売り場に顔を出して、悦子に日報を渡した。

「いろいろ書いておいたから、時間のあるときにでも読んでね」

前の晩、すみれは寝る時間を削って悦子たちからの質問に回答していた。

すみれが打ち合わせに向かおうとしていると、ゆりがやって来た。

「様子を見に来たよ。どう？」

「お姉ちゃん……顔色悪いね」

「……そう、あの、実はね……」

答えかけたゆりが、息をのんだ。目の前ですみれが気を失い、倒れてしまったのだ。

「すみれ！　すみれ！」


目を覚ますと、すみれは医務室のベッドの上にいた。付き添ってくれていたゆりが、心配そうに言った。

「すみれ……働き過ぎやって。ここ何日も寝てないんやろ？　お医者さんが、三日は安静にするよう言うてたわ」

「え？　そんなに……無理よ」

「何するにも、体が資本なのよ。体壊したらどうしようもないやない」

「それはそうやけど……あ、打ち合わせ……」

「大丈夫。明美ちゃんが行ってる」

その後、すみれが帰宅して横になっていると、紀夫が保育所からさくらを連れて帰ってきた。

「ただいまー。お母さん、お仕事休むんでしょう？」

「うーん……」

はっきり返事をしないすみれを紀夫がとがめた。

「あかんで。ゆりさんに言われとる。一週間は安静やろ。行かれたら困る」

すみれの体を案じて言っているのだが、すみれは素直に受け取れず、紀夫から目をそらしてさくらに答えた。

「……お母さん、少しの間、会社休むわ」

そこに潔が、ゆりと一緒に見舞いにやって来た。

「具合どうや？　お土産にうどん買《こ》うてきたで。今夜の夕飯にしいや」

ゆりがうどんをゆでて、皆で夕食をとった。その間は和やかな雰囲気だったのだが、潔たちが帰っていくと、とたんに重苦しい沈黙が流れた。さくらは、会話のない両親に向かって尋ねた。

「お母さん、お父さんのどこが好き？　お父さん、お母さんのどこが好き？」

すみれも紀夫も、娘の率直な問いかけに、答えることができなかった。


翌朝、すみれはさくらを保育所に送っていった。いつもは慌てて仕事に向かうが、この日は時間があるので、友達と遊んでいるさくらを眺めていた。すると、園長が声をかけてきた。

「お母さん、最近、さくらちゃんお外で遊ばないんです。あんなにお外遊びが好きな子やのに、どうしたんやろうって見ていたら、お靴。小さいんだと思うんですよ」

育ち盛りなので、いつの間にか靴が窮屈になっていたのだ。すみれは、それに全く気付いていなかった。

「お母さん、忙しそうで言えなかったんやないかと思います」

「すみません……」

自己嫌悪に陥りながら帰宅すると、武がすみれを待っていた。

中に招いてお茶を出すと、武はキアリスの面々から預かってきた見舞いを差し出した。

「いいのにわざわざ……休んで迷惑かけてるのはこっちやのに」

「お店は、『極めて順調やからゆっくり休んで』って言うてました」

「へえ……」

ところが武は、すぐに前言撤回した。

「いや、ほんまはすみれさんおらんで、てんてこ舞いです。明美さんは、大急の担当の小山さんのこと、嫌や言うし。ほんで、うまく聞いてこい言われたんですけど……この件とこの件とこの件と……」

武は、すみれへの質問を書き連ねたノートを広げた。

「三日と言わず、明日行くわ。もうゆっくり休んだしね」

「すんまへん……」

夕方、さくらを保育所に迎えに行く際、すみれは新しい靴を用意していった。すみれを見つけて駆けてくるさくらは、確かに靴がきついようで、走り方がぎこちなかった。

「これ。お靴、きつかったよね」

すみれが靴を渡すと、さくらはうれしそうに履き替えた。

「わあ！　お母さんありがとう」

ぴったりの靴にはしゃいでいるさくらを見て、すみれは胸が詰まった。さくらがもう少し仲良しの子と遊びたいというので、それを見守っていると、園長が近づいてきた。

「さくらちゃん、ええ子ですよ、とっても。ええ子過ぎて、我慢してることもあると思うんです。お母さんが忙しいのも、もう分かるから。よーく、見てあげてください」

「……はい」


武には「明日から仕事に出る」と言ったが、すみれは翌日も休みを取り、さくらと家で過ごした。そこに、ゆりが訪ねてきた。

「近江に行ってきたわ。仕事やないけど、仕事にかこつけて行ったの」

ゆりは、潔との関係について相談したいと思い、近江の本家を訪ねたのだった。

節子と静子に、夫婦とはなんなのだろうかとゆりは尋ねてみた。潔はゆりにとって初恋の相手だった。しかし今では、夫婦というよりも仕事上の同志という感覚が強く、そのことに、ひそかに不安を覚えていた。そんなゆりに、節子は納得のいく答えをくれた。

「……夫婦って、運命共同体なんやって。何もかもが、運命までもが共同なんやと思えば、考え方が、『自分』やなくて『自分ら』になるんやって。家族って、そうやって作っていくんやって」

「……運命共同体か……なんかちょっと……腑《ふ》に落ちたわ」

このとき、すみれは心の内で、ある決意を固めていた。

結局、すみれは三日間仕事を休んだ。三日ぶりに神戸の店に出勤すると、良子たちが、仕入れのことなどで分からないことがあり、頭を悩ませていた。すみれは丁寧に説明をすると、次は大急支店に行き、悦子たちに尋ねた。

「接客してて、何か困ったことはない？」

「今のところは大丈夫やと思う。またなんかあったら聞くわ」

続いて君枝の家の作業場にすみれが行くと、時子たちが真剣に作業に取り組んでいた。ボタン付けをしていた時子がすみれに言った。

「こうしてクロス留めすると、糸がほつれにくいやなんて、初めて知ったわ」

「小さいことやけど……」

「そやけど大事なことよね。小さな思いやりがぎょうさんちりばめられとって、どんな人にも胸張って薦められるわ」

「……うん」

一日あちこち走り回っていたすみれが、夕方に神戸の店に戻ると、良子、君枝、明美、武がそろっていた。この日は経理を見てもらうことになっていたので、勝二と昭一、紀夫も来ていた。

「ただいま戻りました」

君枝は、すみれの顔を見るとすぐに、いつもと様子が違うと感じた。

「どうしたの？　すみれちゃん」

「話があるの」

皆が静まり、すみれの言葉を待った。

「私……キアリスを辞めたいと思ってる」

突然のことに良子も君枝も明美も、激しく動揺した。

「すみれちゃん……」

「ちょっと待ってよ……」

「どういうこと……？」

夫たちも武も驚き、すみれを凝視している。すみれは、休んでいた間に考え続けていたことを仲間たちに語った。

「私は……ここまで……心を込めて作った物を、たくさんのお母さんや赤ちゃんや子供たちに届けたいという一心でやってきた……でも、それはもう私がいなくても、十分だと思ってる。これからは……戦争で奪われてしまったまま……自分がどこかに置いてきてしまった……家族を作るための時間を持ちたいと思ってるの。子供のときから、集中すると周りが見えなくなってしまうところがあって……結局、紀夫さんとさくらに、我慢をさせてる……そのことに気付いたの……。家族が幸せやないと、意味がないのよ……。自分勝手なことやけど……許してほしい……ごめんなさい……」

本書は、連続テレビ小説「べっぴんさん」第一週～第十一週の放送台本をもとに小説化したものです。番組と内容・章題が異なることがあります。ご了承ください。

DTP　NOAH
校正　多賀谷典子

**渡辺千穂**（わたなべ・ちほ）
東京都出身。二〇〇二年、ドラマ「天体観測」で脚本家デビュー。家族、青春、恋愛、悪女ものなど幅広いジャンルを執筆。主な作品に、映画「赤い糸」「さよならみどりちゃん」「レインツリーの国」「植物図鑑　運命の恋、ひろいました」、ドラマ「名前をなくした女神」「サキ」「ファースト・クラス」など。ＮＨＫでは「歩く、歩く、歩く〜四国 遍路道〜」「珈琲屋の人々」などを執筆。

ＮＨＫ連続テレビ小説　**べっぴんさん**　上

二〇一六（平成二十八）年九月三十日　第一刷発行

著者　作　渡辺千穂／ノベライズ　中川千英子


発行者　小泉公二
発行所　ＮＨＫ出版
〒一五〇－八〇八一　東京都渋谷区宇田川町四十一－一
電話　〇五七〇－〇〇二－一四七（編集）
〇五七〇－〇〇〇－三二一（注文）
ホームページ　http://www.nhk-book.co.jp
振替　〇〇一一〇－一－四九七〇一

印刷　亨有堂印刷所、大熊整美堂
製本　二葉製本



Printed in Japan
ISBN978-4-14-005677-6　C0093